株式会社シェフ工房　企画開発室

角川文庫
23810

目次

かしわもちトングでジンギスカン 5

ストーブ用鍋で春野菜ポトフ 59

とうきびピーラーで手作りおやき 115

二段スチーマーで煮浸しうどん 171

ふわかる泡立て器でフリッター 227

かしわもちトングでジンギスカン

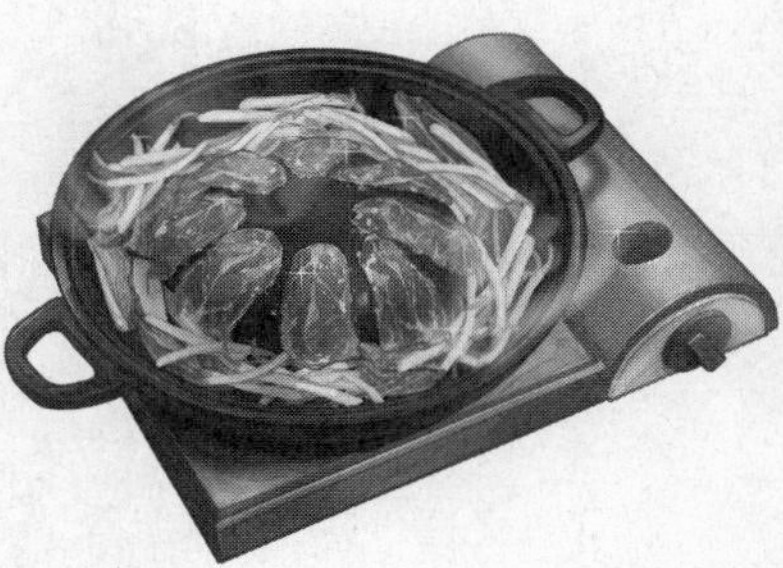

この春、私は自分だけのキッチンを手に入れた。

一人暮らしの利点の一つは、忙しい朝にキッチンを独占してもいいことだ。これが実家ならそうはいかない。父も母も仕事があるし、朝はあまり食べないけどお弁当を持っていきたい父と、朝からご飯と味噌《みそ》汁を食べないと調子が出ないという母が、キッチンでいつもばたばたしていた。順番待ちをする私が空腹のあまり焼く前の食パンをかじったり、リンゴを剝《む》かずにそのまま食べたりすることもしばしばだった。もちろんそれでも美味《おい》しいけど。

今は私専用のキッチンがあり、朝からフレンチトーストを焼こうがお蕎麦《そば》を茹《ゆ》でようが、お好み焼きを作ろうが自由だ。春先の札幌《さっぽろ》はまだ寒く、今朝はスープパスタを作るつもりだった。

ピーラーでジャガイモとニンジンの皮を剝き、ざく切りにして先にレンジで加熱する。玉ネギは皮を剝《は》いでくし切り、レタスは細切りにしてから水洗いし、サラダスピナーで水気を吹き飛ばしておく。計量カップとメジャースプーンを駆使して白だしスープを作り、フライパンに注いで火をつけたら、野菜を全て投入してふつふついうまで煮る。煮立ってきたら味を見て塩コショウで整え、半分に折ったパスタを投入してしばらく茹でる。あとはパスタが食べごろの硬さになったら火を止める。スープを少なめにして煮詰めてしまっても美味しいし、スープと一緒に食べても美味しい、楽ちん和風スープパスタの完成だ。

柄の短いトングでパスタを皿に盛り、上からスープを具ごと注ぐと、まるで一流シェフの気分になれる。このトングは最近のお気に入りで、柄が短い分握力が要らず、まるで自分の指先のように扱うことができた。パスタをねじりながら円く盛りつけるのも簡単にできる。もちろん調理器具としても優秀で、ナポリタンなどの炒《いた》めるパスタにも便利だし、私はフレンチトーストやお好み焼きを返す時も、ちょっといいお肉を焼くときも、そしてお蕎麦を茹でる時にもこれを使っていた。

「いただきまーす」

パスタはアルデンテが好きだ。わずかに芯《しん》を感じる硬めの麺《めん》に、白だしスープの味が染み込んでいるのが美味しい。ジャガイモやニンジンはほくほくしているし、透き通った玉ネギは口の中で溶けるほど柔らかい。しっとり煮えたレタスはそれでも瑞々《みずみず》しく、ほんのり春を感じる風味だった。スープから立ちのぼる熱々の湯気ごと味わうと、寒さに震える身体が奥から温まっていくようだ。

「はあ……」

一人暮らし歴まだ一ヶ月の四月の朝だった。今日もご飯を食べたら着替えてメイクして、地下鉄で職場まで向かう。新入社員っぽいメイクにも大分慣れてきたし、地図アプリも使いこなせるようになってきた。地下鉄南北線《なんぼく》とは最早顔なじみみたいなものだ。職場と自宅の往復しかしてないけど。

『お料理が得意じゃなくても大丈夫！　あなたも今日からシェフになろう！』

ふと、点《つ》けっぱなしのテレビから聴き覚えのあるCMソングが流れてきた。

パスタを啜《すす》っていた私は顔を上げ、テレビ画面に釘《くぎ》づけになる。

「シェフ工房のタヌールくん……」

自然と呟《つぶや》きながら、ああ、北海道に来たんだとしみじみ思った。北海道でしか流れないローカルCMを、こうしてテレビで観ることができる。

テレビ画面の中では着ぐるみ姿のタヌールくんがフライパンを振っていた。彼は丸い耳の間にコック帽をかぶり、ふかふかの茶色い毛皮の上にコックコートを着こなす二足歩行のエゾタヌキだ。タヌールくんはふわふわ踊りながら画面越しに歌いかけてくる。

『シェフ工房があなたの料理をお手伝い。さあキッチンへ飛び込もう！』

動画サイトでは何度も見て、テーマソングを口ずさめるほどになったこのCMを、初めてテレビで観ることができた。私は声を上げたくなるのを堪《こら》えて、満足感に胸を押さえる。この部屋はマンションの六階にあるので、大声を出すと隣室や階下に迷惑が掛かるのだ。始めたての新生活を騒音トラブルで終わらせるわけにはいかない。

この春からの私の新居は、札幌市に流れる豊平川《とよひらがわ》の橋の一つ、幌平橋《ほろひらばし》のすぐ傍にある。

地図で言うと豊平川の東側、マンション六階の西向きの部屋で、窓を開けると白いアーチ型の美しい橋が見えた。春の陽射しにきらきら光る水面《みなも》と、舗装されて歩きやすそうな河川敷も窺《うかが》える。空気はまだ冷たく澄んでいて、胸一杯に吸い込んでもスギ花粉の心配がないのがいい。これも北海道に来たなと思う瞬間だ。

大学は実家から通っていたから、一人暮らしは初めてだった。しかも故郷の長野を離れ、海を渡った札幌へ単身やってきたのだから、我ながらなかなかの行動力だと思う。こちらに就職が決まった当初は両親も気を揉《も》んでいて、女の子が一人でなんて大丈夫なのか、ちゃんとやっていけるのかとしきりに心配されていた。だけど私の意志が固いことを知り、はらはらしながらも送り出してくれたことには感謝している。

「七雪《なゆき》は昔から言い出したら聞かない子だったから」

「辛《つら》くなったらいつでも戻ってきなさいね」

両親から貰《もら》った言葉は温かかったけど、戻るつもりはなかった。そんな軟弱な気持ちだったら初めから北海道まで来ていない。私はこの新天地で、ずっとやりたかった仕事をする。

新居は1LDKで、その広さはまだ持て余し気味だ。実家から持ってきたローテーブルはあるものの、リビングはそれとテレビボードしかないし、寝室にはシングルベッドとパソコンデスクが置いてあるだけだった。収納が多い部屋だから服も本もクローゼットにしまえていて、すっきりしている半面ちょっと物足りないなと思う。殺風景すぎるからコルクボードを壁に掛けて、スキー部時代の写真やら寄せ書きやら、使い古したスキーグローブやらを飾っていた。大学時代の思い出が詰まったそれらは、まだ微《かす》かに故郷の香りがする。

私の一人暮らしの部屋の中で、最も充実しているのはキッチンだった。鍋《なべ》だけでも二十六センチのフライパン、四角くて茹で調理もできる深めの卵焼き器、大きめの鋳物鍋などが揃っている。今は圧力鍋が気になっているけど、一人暮らしだから買うかどうか迷うところだった。

キッチン雑貨もたくさん持っていて、例えばピーラーは怪我を防げるトング式だし、ザルにセットして使えるサラダスピナーもある。お玉は計量もできる目盛り付きで、メジャースプーンは底が平たく置いても使えるタイプで、ボウルは持ち手と注ぎ口がついた使いやすい仕様で――見ての通り、普通のものよりちょっと便利なグッズばかりだ。

これらキッチン雑貨は全て同じメーカーの品を購入している。その証拠に、全てに同じロゴが入っていて、ロゴの横にはタヌールくんの顔も描かれていた。

株式会社シェフ工房。

北海道札幌市にある会社で、主にキッチン用品の開発、製造、販売を行っている。『誰でもシェフの腕前に』をコンセプトに、調理が楽になる便利なグッズをたくさん売り出しているのが特徴だった。近年はネット通販などでじわじわと販路を広げ、一部の調理器具がメディアに取り上げられたり、SNSで話題になったりするなど着実にファンを増やしている会社だ。

シェフ工房の商品はシリコン製やプラスチック製が多く、軽くて安価なのも売りだった。一方で鋳物メーカーの品と比べると耐久性やデザイン性ではやや劣るものの、アルバイトができなかった学生時代の私にとっては強い味方となっていた。

要は私もファンの一人であり、安価で販売されるキッチン雑貨には現在進行形で大変お世話になっている。高校生まではぬくぬくと母の手料理を楽しむ毎日で、自炊なんてレトルトカレーとパックご飯が関の山だった私が、シェフ工房との出会いで変わった。手を怪我する心配のないピーラーはあらゆる野菜の皮むきを革命的に楽にしてくれたし、ザルにセットできる後付けサラダスピナーは生野菜を一層美味《おい》しくしてくれた。計量お玉やメジャースプーン、ボウルなどで調味料の計量の大切さを学んだ後は、めきめきと作れる料理のレパートリーが増えた。今では自炊はもちろん、他人様《ひとさま》に手料理を振る舞えるまでの腕前になれている。

そんな出会いを経たのだから、私がシェフ工房に惚《ほ》れ込むのも自然の道理というものだ。周囲が彼氏やアイドルやスポーツ選手に夢中になっている間、私はひたすらシェフ工房に熱い想いを抱いていた。料理をする時には必ず傍にいてもらったし、壊れたら何を差し置いてもすぐ買い替えたし、友人には惚気《のろけ》みたいなお勧めエピソードも聞かせまくった。料理を始めたいと相談され、自腹で買ってプレゼントしたこともある。

「新津《にいつ》はシェフ工房からマージンを貰っているに違いない」

とは、大学の親しい友人や先輩が私をからかう時の定番の台詞《せりふ》だ。だけど当然のことながら、シェフ工房からは一銭も貰っていない――少なくとも今まではそうだった。

私が大学三年で就職活動を始めた頃、シェフ工房が新卒を募集しているという情報を得た。

運命だと思った。

いてもたってもいられず即座にエントリーした。オンライン面接を経て、二度目の面接では札幌まで来て欲しいと言われ、長野県から新幹線と飛行機を乗り継いで北海道へ飛んだ。片道六時間は掛かったけど、その六時間が苦にならなかった。憧《あこが》れの会社の採用面接を受けられるというだけで嬉《うれ》しくて仕方なかったし、絶対受かってみせると決意していた。

面接ではありったけの気持ちをぶつけられたと思う。

「大学時代はスキー部に所属し、あいにくの怪我で選手は引退せざるを得なかったのですが、以降はマネージャーとして部活動を補佐して参りました。マネージャーになる前はさっぱり料理ができなかったのですが、部員の食事や軽食作りなどで御社の調理器具と出会い、今では趣味と特技が料理だと言えるほどになりました。今の私があるのも御社の製品のお蔭《かげ》です！」

この日のために長かった髪を切り、就活用の地味めなショートボブにした。おろしたてのリクルートスーツの背をできる限りぴんと伸ばし、私は声を張り上げる。こう見えて度胸はある方だ。昔から、緊張すればするほどやる気も増すのが不思議だった。

初めて入ったシェフ工房の社屋はこぢんまりとしていた。十五平米あるかないかくらいの小さな会議室に、面接官は二人いた。表情一つ変えずに落ち着き払ってこちらを見据える男性と、対照的に目を輝かせ頬を紅潮させている女性だ。男性は営業部長の堀井《ほりい》さんで、女性の方は企画開発室長の深原《ふかはら》さんと名乗った。

「新津七雪さん。本当だ、趣味と特技に『料理』ってありますね」

深原さんは履歴書に一度目を落とした後、改めて私を見た。眼差《まなざ》しの穏やかな人だった。

「弊社の製品、新津さんはどれがお気に入りですか？」

続けてそう尋ねられ、正直に答えた。

「はい。御社の後付けサラダスピナーは既存のザルにセットすれば使える手軽さがいいと存じます。取り外しやすく洗いやすいというのもありますし。あとは計量できるお玉も大変よかったです。私はあの製品で、料理に計量がどれほど大切かということを学びました。それから持ち手付きのボウル、あれは掻《か》き混ぜる時に少ない力でもしっかりと支えられるので安心できますし、注ぎ口がついているのも助かりました」

私の答えを聞いた深原さんは嬉しげに口元をゆるませる。そして腰を浮かせたかと思うと、テーブルから身を乗り出さん勢いで言った。

「他には？　うちの製品でよかったものがあれば是非教えて！」

「室長、ここは採用面接の場ですよ。モニター調査をするわけじゃ――」

「こんなにいろいろ使ってくれてる方、モニターさんでも滅多にいません。貴重なんです」

堀井さんが窘《たしな》めようとしたのを笑顔で制し、深原さんは私に向き直る。

期待されているようなので、私は思いの丈を告げた。

「他ですと、シリコンスチーマーが二重底という仕様もよかったです。電子レンジで加熱するとどうしても熱くなって持てなくなるので、底が別素材だと助かります。あと、解凍プレートも部活では食材をまとめ買いして冷凍保存することが多かったので、いざという時に活躍してくれました。地味に便利だったのが缶詰用の油漉《こ》し器です。缶のサイズに合うのも使いやすかったですし、ツナ缶の油切り結構面倒だったので助かりました」

そこまで語った時、深原さんは堀井さんに向かって言った。

「採用しましょう!」

たちまち堀井さんは慌てふためき、先程までの冷静さを忘れて声を上げる。

「駄目ですよ室長、面接の場でそういうことを断言しては!」

「でもこんな商品知識豊富な子、よそに取られたらどうするんですか」

「ここで採用を告げるわけにはいかないんです。わかってください」

「真面目ですよねえ、部長って」

ぼやいた深原さんは、私に向かって微笑みかける。

「新津さん、札幌はいいところですよ。食べ物は美味しいし交通の便はいいし買い物にも不便しないし観光名所も山ほどあるし……あとね、スギ花粉がないんです。お勧めします」

どうやら好感触だったらしいと、その時ようやく実感できた。

そして現在、私はシェフ工房企画開発室の一員となり、深原室長の下で働いている。

「あの面接の時、すごい人材見つけちゃったと思ってね」

今でも室長は採用面接でのやり取りについて語ることがあった。お昼休みに各々《おのおの》がお弁当を食べながらの雑談タイムでも、かれこれ半年以上前の出来事をしみじみと思い出していたようだ。私も未《いま》だにはっきりと覚えていて、ここで働きたいという気持ちが一層募った瞬間だった。

「部長がいいって言ってくれたらその場で採用決めたんだけどなあ。ごめんね新津さん」

「いいえ、採用していただけて嬉しいです」

謝られてしまったけど、さすがに採用面接の場で合否が出たらまずいことはわかる。それに私としてはシェフ工房の社員になれたならそれで十分だった。

しかも新製品開発に携われるというのだから最高だ。

企画開発室は私を含めて人員四名の小さな部署だった。正式名称は『営業部企画開発室』というらしく、営業部からのマーケティング情報などを元に新規の製品開発を行う部署だ。シェフ工房自体がさほど大きな会社ではないけど、あれだけ多くの便利なキッチン用品がたった四人――私の入社前は三人の部署から生まれたというのだから驚かざるを得ない。

そんな至高のアイディアがぎゅっと詰まっているのはおよそ五十平米の小さなオフィスだ。一人に一つ与えられるデスクが四台、島を作るみたいにくっつけて置いてある。その他に製品資料を詰め込んだファイルキャビネットが二台あり、会議用の丸テーブルもあるので思いのほか手狭だ。オフィスの隅には、聴覚検査で使うような四角い防音ブースがある。どうしてもアイディアが出ない時はそこに籠《こも》って集中することもあるらしいけど、私はまだ入ったことがない。

「とにかく、新津さんは期待の新人だからね。今後ともよろしく」

そう言って微笑む深原室長は、本名を深原杏子《きょうこ》さんといい、ベージュブラウンの髪を高く結わえた優しそうな人だ。いつもおっとりしていて、実際怒ったところは見たことがないと他の人も言っていた。お昼には手製のサンドイッチを持ってきており、聞くところによると室長もあの後付けサラダスピナーを愛用しているとのことだ。

「はい、頑張ります」

私が頷《うなず》くと、隣で五味《ごみ》さんが明るく笑った。

「あんまり言われるとプレッシャーじゃないですか？　それでなくても新津さん、肩に力入ってるのに」

「そんなことないですよ」

否定した私をよそに、深原室長が納得したそぶりを見せる。

「確かにそうかも。五味くんも新人の頃はそうだったもんね？」

「俺はそんなことないですけど」

「いやあったよ。そっか、上司として気をつけないと」

「なかったですってば……」

あからさまに不服そうな五味さんを見て、笑わないようにするのが大変だった。

私が来るまで企画開発室一番の若手だったという五味啓人《けいと》さんは、私の三年先輩だ。企画開発室では紅一点ならぬ『黒一点』でもあり、そのせいで立場が弱いとよく零《こぼ》している。優しそうな顔立ちの長身痩軀《そうく》のお兄さんだけどマッスルボディを目指して筋トレを続けているらしく、ランチはいつも蒸した鶏肉とブロッコリーだった。もちろんシェフ工房の二重底シリコンスチーマーを使いこなしているそうだ。

「新人さんも来たことだし、企画開発室も心機一転、四人で頑張っていきたいね！」

深原室長が張り切る中、私はオフィスの隅にある防音ブースが気になって仕方がない。今日も朝からずっと『使用中』の札が下がっていて、それはよくあることだからいいものの、もうお昼休みなのに出てくる気配がないのは心配だ。

「あの、出町《いずまち》さんはお昼いいんですか？」

恐る恐る尋ねると、深原室長は今気づいたというようにはっとする。

「そうだった。一応、声掛けておこうか」

そうして防音ブースのドアを軽くノックすると、ややあってからドアが開いて、申し訳なさそうな顔の出町さんが現れた。

「す、すみません。集中してたもんで時間忘れてて……」

私の七年先輩にあたる出町かがりさんは、ぱっつん前髪と外ハネボブがよく似合う小柄な人だ。ぱっちりした目とあどけなさの残る口元、愛くるしい顔立ちも相まって、実年齢を聞かされた時には正直驚いてしまった。でも一番驚かされたのは、シェフ工房の売れ筋商品の大半を企画したのが他でもない出町さんだったという事実だ。トング式ピーラーも後付けサラダスピナーも二重底シリコンスチーマーも、全て出町さんの企画した製品だった。

シェフ工房が誇る天才プランナーは自分の席からお弁当を取ってくると、皆と一緒に会議用テーブルを囲む。柔らかそうな頬にいくらか疲れの色を滲《にじ》ませて言った。

「製造部に新製品の別案も欲しいって言われてたんです。前の案だと難しいかもって話で」

「ああ、やかんの件？」

深原室長がサンドイッチを咥《くわ》えたまま目を瞬《しばたた》かせる。

「あれもう本決まりじゃなかったんだ？」

「外注先からちょっと難しいって言われたみたいなんですよ」

憂鬱《ゆううつ》そうな五味さんの言葉に、出町さんが頷いた。

「鋳物なんでうちで作るものと同じようにはいかないって、製造部からも言われてます」

シェフ工房の製品を企画、立案、開発するのは企画開発室の仕事だけど、実際に作るのは製造部の仕事だ。この社屋には併設して工場があり、製造部の人たちはそこで日々素敵なキッチン用品を作り続けている。

もっともうちの工場の設備はプラスチックやシリコン製品こそ作れても、鋳物や電化製品を作れるものではない。そのため、そういった製品を開発する際は外部の製造メーカーに外注する形となる。今回のやかんも金属製なので、外注先に難しいと言われれば仕様を変更せざるを得ない。

「まあ、うちは好き放題言うだけだもんね。あれが欲しい、これを作りたいって」

深原室長の言う通り、企画開発室はあくまでもアイディアを出すのが仕事だ。試作品さえ作るのは製造部の役目だから、向こうに無理だと言われたらせっかくの新製品も諦《あきら》めることがある。だからこそ製造の皆さんとは仲良くね、と配属直後に言われていた。

ただ私は入社一ヶ月の新人で、製造部の皆さんとは出退勤の挨拶《あいさつ》をすることはあっても、仕事で接する機会はまだない。これからのために肝に銘じておくことにする。

「――あ、それで思い出した」

唐突に声を上げた深原室長が、一度中座して自分のデスクへ向かった。引き出しを開ける音がして、すぐにこちらへ戻ってくる。そしてにっこり微笑んだかと思うと、私に何かを差し出した。

「これ、新津さんに。企画開発室員には全員渡してるの」

手渡されたのはシンプルなリングノートだ。表紙にはシェフ工房のロゴがあり、お鍋《なべ》を抱えるタヌールくんのイラストが絵本風のタッチで描かれている。中身を開けば罫線《けいせん》が引かれているだけの、まっさらな新品のノートだった。

「ありがとうございます。これは……？」

受け取ってお礼を言うと、室長は明るい口調で答える。

「アイディアノートってところかな。あ、タイトルはなんでもいいけどね。企画開発室はひらめきや思いつきが大切な部署だから、頭に浮かんだことはなんでもメモする習慣を持ってもらいたいの」

「アイディアノート……」

その単語を繰り返して呟《つぶや》くと、出町さんが語を継いだ。

「私は『エジソンノート』って名づけてるんだわ。偉人にあやかって、うんとネタが浮かぶように」

「さすが出町さん、発明王ですね」

思わず私がそう言うと、彼女はふわふわの頬をほんのり赤くする。

「な……なんもだよ。大したことないって……」

出町さんは北海道訛《なま》りの強い人だ。シェフ工房は北海道の企業で、周りは地元の人ばかりだから誰もが大なり小なり北海道弁を使う。こういうところも北海道に来たなと思う瞬間の一つだった。

それに対し、私がピンと来ていない場合にはすかさず五味さんが教えてくれる。

「『なんも』というのは『ちっとも』とか『なんでもない』って意味だよ」

「勉強になります」

聞くところによると五味さんは北海道出身ではないにもかかわらず、この三年ほどですっかり北海道弁をマスターしてしまったそうだ。偉大なる先達である。

ともあれ、私もノートをいただいたからには企画開発室の仕事に役立てたい。

「新津さんも料理する人だもんね。いいアイディアはきっと日常に眠ってるよ」

深原室長の言葉に、私も決意を込めて顎《あご》を引く。

「はい。頭に浮かんだことは書き留めておくようにします」

これまではシェフ工房の商品に感動するばかりだった私が、いよいよ作る側に回る。自分が料理をする上で欲しいもの、あったらいいなと思うものをこのノートに埋め尽くしていきたい。そのうち私が作った製品が市場に出回り、長野にいる両親や大学時代の友人たちの手に渡る日も来るかもしれない。そう思うとわくわくしてくる。

ノートのタイトル、後で考えておこう。

「新津さん、お弁当もお手製？　一人暮らしなのにすごいな」

五味さんが感心したように言ったので、笑って答えた。

「ありがとうございます。料理は慣れてるので、なんとかなってます」

「えらいねえ。朝もちゃんと起きれるんだ」

出町さんにまで褒められて、ちょっと照れてしまう。大学時代のマネージャー経験で料理と早起きが得意になった。何事もやってみるものだ。

ちなみに今夜は飲み会があるので、お弁当はちょっと少なめの分量にしてある。

「今日の主役は新津さんだからね。いっぱい食べたり飲んだりしてね」

深原室長がそう言うと、五味さんが心配そうに眉《まゆ》を顰《ひそ》めた。

「あれ、新津さんはラム肉大丈夫？　本州だと苦手な人もよくいるけど」

「平気です。全然食べますよ」

「よかった。北海道じゃ新歓と言えばジンパだっけさ」

出町さんの言うジンパとは、ジンギスカンパーティーの略だ。北海道では新歓はもちろん、花見やキャンプといった季節のイベントでもよく食べられているらしい。

実は長野県でもジンギスカンは割とポピュラーだったりする。長野市には『ジンギスカン街道』と呼ばれる地域があり、国道沿いにジンギスカンのお店が何軒も立ち並んでいた。そういう縁で私も何度か食べたことがあるし、ラム肉には全く抵抗がない。だから今日の飲み会は楽しみだ。言われたように、いっぱい食べたり飲んだりしようと思う。

新入社員歓迎会兼ジンギスカンパーティーの会場は、円山《まるやま》公園という場所だった。シェフ工房は札幌市北区《きた》にあるので、地下鉄南北線から東西線《とうざい》へと乗り継いでそこへ向かう。引っ越したての私は札幌の地理に明るくないので、企画開発室の皆さんに連れて行ってもらうことにした。

「地下鉄の乗り継ぎを覚えたら札幌のプロだよ。どこでも行けるよ」

そう話す深原室長は大きなビニール袋を提げている。中には金属製のジンギスカン鍋が何枚か、重ねてしまわれていた。この鍋もシェフ工房の製品だそうだ。

「落ち着いたらいろいろ歩き回ってみるのもいいかもな。遊べる場所も大分あるし」

五味さんもそんなアドバイスをくれた。カセットコンロを詰めた紙袋を両手に持って、ちょっと重そうだ。

円山公園駅を出ると、すうっと冷たい風が吹いてきた。四月三十日の午後六時前、ぎりぎり日没前の気温は思っていた以上に肌寒い。スーツの上にコートを着てきたのは正解だったようだ。

「夜になるとまだまだしばれるからね。気をつけないと」

出町さんがそう言うと、すかさず五味さんが説明を添える。

「『しばれる』っていうのは『すごく寒い』みたいな意味らしいよ」

実際、出町さん始め企画開発室の皆さんもダウンやウインドブレーカーをしっかり着込んでいた。ここまで厚着での野外バーベキューは私も経験がなく、俄然《がぜん》楽しみになってくる。

「北海道の方言って結構いろいろあるんですね」

まだまだ無知な私に対し、出町さんは申し訳なさそうに笑ってみせた。

「ごめんね、何が通じて何が通じないのか、まだわかってなくて。したけど優秀な通訳がいるから安心だっけさ」

「お蔭《かげ》でバイリンガルになれました」

五味さんも楽しそうに声を弾ませている。せっかく札幌に来たのだし、私も是非、バイリンガルになってみたいと思う。

円山公園には日没前にもかかわらずそこそこの人出があった。赤々と燃えるような空の下にまだ五分咲き程度の桜並木が続いており、その下を花見客と思《おぼ》しき人々が絶えず行き交っている。桜の花びらはソメイヨシノよりも濃いめのピンク色で、エゾヤマザクラというらしい。しかし私の気分は花より団子、園内に入った直後から既にラム肉の焼ける独特の匂いが流れてきて、急速にお腹が空《す》いてきた。

火気の使用が許されているのは公園の東側、桜の開花エリアのみだそうだ。今年の場所取りは営業一課の役目だということで、私たちが辿《たど》り着いた時には大きなブルーシートが敷かれ、数人の社員がこちらに手を振っていた。

野外でのジンギスカン経験がない私をよそに、深原室長たちはてきぱきと準備を始める。ブルーシートの上に等間隔でコンロを置き、その上にジンギスカン鍋《なべ》をセットする。自社製品のジンギスカン鍋は鋳物で、中央が盛り上がった帽子のような形をしていた。この中央の山の辺りでラム肉を焼き、流れ落ちた脂を野菜に絡めて食べるそうだ。だから鍋には脂を落とすための溝があり、周りに野菜を並べられるよう深めのつくりになっている。

鍋に牛脂を塗り始めた頃、ブルーシート上には出席者が大体揃った。コンロを囲んだ輪がいくつかできあがり、ラム肉やモヤシやキャベツをぎっしり載せた鍋がじゅうじゅうと音を立て、全員に何かしらの飲み物が行き渡って社長が乾杯の音頭を取る。

「新津さんの今後の活躍と、シェフ工房のますますの発展を願いまして——乾杯！」

「かんぱーい！」

そこからはもう大変だった。新入社員歓迎会の題目は伊達《だて》ではなく、私はいろんな人から声を掛けられ、挨拶《あいさつ》もされ、焼けたばかりのお肉や飲み物を勧められまくった。今年度の新入社員は私一人ということで、実質主役みたいなものだ。

「新津さん、次何飲む？　ビールも焼酎《しょうちゅう》もウイスキーもあるよ」

コップが空になれば深原室長が飛んできて、声を掛けてくれるし、

「ほら、お肉焼けたよ。野菜も食べな、野菜も」

皿が空になれば五味さんがジンギスカンを盛りに来てくれるし、

「おにぎりも食べな。ジンタレとご飯って相性いいんだから！」

出町さんが美味《おい》しい塩おにぎりを持ってきてくれたりと、さながらVIP待遇の飲み会だった。

それでも企画開発室の皆さんとはここ一ヶ月だけで顔見知りとなっていたからいいものの、他の部署の方々はほとんど初対面みたいなものだ。そんな人たちに代わるがわる挨拶をされて、私は顔と名前を覚えるのにあたふたしていた。お酒も入っているから余計にだ。

「長野から来たんだって？　はるばるすごいねえ」

「こっち来ること、ご両親は反対しなかった？」

「へえ、うちの製品のファンなんだ。そういうの嬉《うれ》しいね」

いろんな人からいろんなことを聞かれて、一つ一つ正直に答える。そのついでに飲み物やお肉を勧められ、おにぎり以外にもおつまみやら、お菓子やらをたくさん分けてもらった。気がつけば私の皿は山盛りだし、座った膝《ひざ》の上からはみ出すくらい食べ物がいっぱい積まれている。滅多に飲まないウイスキーのお湯割りを堪能《たんのう》しつつ、私はジンギスカンを心ゆくまで味わった。

火を通したラム肉は柔らかく、豚や牛とは違う肉の食感がある。羊の肉なのに微《かす》かに牛のミルクのような匂いがするのが不思議だ。出町さん言うところのジンタレ――

ジンギスカンのタレはすりおろし野菜の入ったやや甘めの味つけで、ラム肉はもちろんご飯とも確かによく合った。脂の染み込んだモヤシやキャベツはシャキシャキの歯ごたえで、これもまたタレとの相性がいい。

地元で食べたジンギスカンはタレに漬け込んでから焼くタイプだったけど、生肉を焼いてからタレにつけて食べるのも大変美味しい。長野も北海道もジンギスカンのルーツは似通っていて、元々は戦前、綿羊を食用にすることから始まったという話だ。そんな歴史があったからこそ今の美味しいひとときがある。私はラム肉と共に歴史の重みを噛み締めた。

「今年もすごい歓待だな」

不意に、隣で男性の声がした。

ラム肉を頬張りながら顔を上げると、うっすら見覚えのある男性が隣に腰を下ろした。髪は柔らかそうなスパイラルパーマ、今にもあくびをしそうな眠たげな目の、どこかアンニュイな雰囲気の人だった。気だるげにネクタイをゆるめたその人が、やや同情的な口調で続ける。

「去年は俺が新津さんみたいな扱いだった。大丈夫？　食べきれなかったら言って」

私もよく食べる方ではあったけど、おにぎりやおつまみの残りは持って帰ろうかと思い始めていた折だった。会釈と共にお礼を言っておく。

「ありがとうございます。ええと……」

確か、営業部の人だったはずだ。ぼんやりした記憶はあるものの、酔いも手伝ってかとっさに名前が出てこない。

すると男性は、首から提げていた社員証をこちらに掲げた。

「営業部の茨戸《ばらと》です。去年入社したばかりのぺーぺーだけど、よろしく」

社員証には確かに『営業部一課　茨戸　築《きずく》』とある。ということは私の一年先輩だ。

「新津です、よろしくお願いします」

私が挨拶を返すと、茨戸さんは控えめに笑った。作っているという感じではないものの、省エネを心掛けたような笑い方だ。

「堀井部長が新津さんのこと褒めてたよ。『開発にすごく情熱的な新人が来たから見習いなさい』って送り出されてきたとこ」

彼が視線で示した先には、コップを傾けながらもこちらを窺《うかが》う堀井部長の姿があった。私に気づくと静かに片手を上げてみせる。

「すごいな、部長にそこまで言ってもらえるなんて。俺なんて叱咤《しった》ばかりなのに」

茨戸さんの話し方は冗談みたいに軽かった。どこまで鵜呑《うの》みにしていいのかわからない気安さと、ともすれば笑い飛ばされそうな摑みどころのなさがあり、こういうタイプの人とは今まで接点がなかったなと思う。

「長野県から来たんだっけ。北海道はもう慣れた？」

「まだ一ヶ月なので、慣れた感じはしないですね。住み心地はすごくいいですけど」

長野市と札幌市は似たところがある。海に面さない内陸部であり、冬には雪が積もってウインタースポーツが盛ん、オリンピックの舞台になった点も同じだ。もっとも気温は札幌の方が断然低い。だから冬が来るのが楽しみな半面、少し怖かったりもする。都市として規模が大きいのは札幌の方だし、今住んでいる豊平区は何かと便利な立地なので暮らしやすさは実感していた。

一番感じているのは、シェフ工房に入社できたという喜びだ。仮にシェフ工房が札幌以外の都市にあったとしても、私は迷わずそこへ移り住んだことだろう。

「せっかく憧《あこが》れの会社に入れたので、頑張って慣れたいと思っています」

そう続けた私に、茨戸さんは目を見開いた。透明なコップに注いだビールを一口飲んだ後、うろんげに聞き返してくる。

「憧れの会社？　うちが？」

「はい。就活の段階で絶対に入りたいと思ってたんです」

「へえ……そうなんだ」

唸《うな》る茨戸さんの声からは、うっすらと懐疑的なニュアンスが感じられた。意味ありげな沈黙を挟み、尚《なお》も尋ねてくる。

「つまり、キッチン用品とかが好きということ？」

「はい。特に調理が便利になるやつとか、使いやすいやつとか大好きです」

「すごいな。じゃあ好きなことを仕事にしたのか」

答えを聞いて感心した表情を見せた後、茨戸さんは投げやりに続けた。

「俺はそこまでには至れてないな。営業用に製品知識が必要だから覚えたいと思ってるんだけど、未《いま》だに四苦八苦だ」

「茨戸さんは料理はされないんですか？」

「全く。まずいものを作るくらいなら外食でいいやって思うし」

きっぱりと言い切られて懐かしく思う。私も、自分で料理をするようになる前は同じ考えを持っていたからだ。

それで思わず笑ってしまい、茨戸さんが気まずそうにこちらを見る。

「昔から苦手なんだ。目玉焼きを作ろうとすれば黄身を潰《つぶ》して『なんだかわからない焼きに』なるし、焼きそばを作ろうとすればフライパンから具が逃げ出していく。今日のジンギスカンだって下手に触ったら肉を落としそうだから、さっきから食べる専門」

「わかります。私も昔は全くダメでした」

深く共感した上で、私は訴えた。

「ですがそういう方にこそシェフ工房の製品はぴったりなんです。『誰でもシェフの腕前に』のコンセプトに嘘はありません。絶対料理上手になれますよ」

「本当に？　俺みたいなのでも？」

「もちろん。私、今じゃ当たり前に自炊してます」

「それがうちの製品のお蔭《かげ》だって？　営業みたいなこと言うんだな」

自らも営業の人だというのに、茨戸さんは半信半疑、どころか九割くらい信じていないようだ。あからさまに腑《ふ》に落ちない顔つきで呟《つぶや》く。

「確かに、シェフ工房のグッズで料理が上手《うま》くなったらいいとは思うけど。営業にだって役立つだろうし」

実際、料理が不得手な人からすればシェフ工房の製品もただの調理器具でしかなく、その素晴らしさはあまりよく伝わらないのかもしれない。

けど、もったいない。

料理が得意ではない人こそ、シェフ工房の製品を使うべきだと私は思う。

「シェフ工房の製品は料理を学びたての人にもぴったりの仕様なんです。使いやすいし安価だし、茨戸さんにもお勧めです」

重ねて告げると、釈然としない様子で聞き返された。

「じゃあ、うちの製品があれば俺でも料理が上手くなれるのか？」

「なれます」

「いつもはせいぜい作っても目玉焼きくらいのものだけど、それでも？」

「もちろんです」

私は二度、しっかりと頷《うなず》く。

茨戸さんはそこで押し黙った。無気力そうな横顔は、これ以上話しても無駄だと言いたげにも映る。

ちょうどその時、深原室長がみんなに声を掛けた。

「そろそろ締めのうどんを配りますね！」

気がつけば目の前のジンギスカン鍋《なべ》はだいぶ隙間ができていて、締めの麺《めん》を入れるいいタイミングのようだ。ラム肉の脂と旨味《うまみ》が染み込んだ鍋で炒《いた》めるうどんはさぞかし美味《おい》しく仕上がるだろう。

各鍋にうどんを配り終えた深原室長が、目の前の鍋にも投入しようとシリコントングを手に取った。

私はすかさず挙手をする。

「それ、私にやらせてください」

「新津さんが？　今日の主役は座ってていいのに」

「たくさん美味しいもの食べさせてもらったので、少しは働きたいんです」

そう答えると、室長は目を丸くしつつもすぐにトングとうどんを手渡してくれた。

隣で茨戸さんも何事かという顔をしている。そんな彼にだけ聞こえるように、私は告げた。

「見ていてください。まずはこのトングの素晴らしさをお見せします」

シリコントングを握り締める。手に馴染《なじ》む柔らかいシリコンの持ち手には滑り止めの溝もついていて、調理中に取り落とす心配がない。

トングの先端は真っ直ぐで、ぴったりと隙間なく合わせることができる。このお蔭でどんなものでも摑めるし、拾ったりひっくり返したりも容易だ。製品名は『かしわもちトング』といい、もちろん柏《かしわ》の葉のような形をしていることが由来だった。

「このトング、ラム肉はもちろん野菜もしっかり摑めるんです」

私は茨戸さんに説明しながら、ジンギスカン鍋の上に残った具材を一旦《いったん》端に寄せる。薄切り肉も細いモヤシもくたっとなったキャベツも、このトングなら楽勝だった。

もちろんこの先端でうどんを強く摑むと、せっかくの麺が切れてしまう。そこでかしわもちの形が生きてくるのだ。

「見てください。トングの先端が波形になっているでしょう？」

トングを指し示すと、茨戸さんが覗《のぞ》き込むように見てくる。

「だから『かしわもちトング』なんだろ？」

「そうです。そしてその形が麺を炒める時にも活躍するんです」

ビニールから取り出したうどんは四角く固まっていた。そこに少しだけ水を加え、トングで丁寧にほぐしていく。トングの両脇は波形で、麺などをしっかりホールドできるようになっていた。

「ほら、麺を摑《つか》みやすいから炒めるのも楽なんです。それでいて切れてしまうこともないし、鍋を傷つける心配だってありません」

柔らかいシリコンでうどんを優しく摑み、鍋の上でじっくり炒める。ラム肉の脂をまとったうどんはてらてらと光り、ほんのり焦げ目を帯びていく。

「まるで実演販売みたいだ」

冗談でもない口調で呟いた茨戸さんに、私はトングを差し出した。

「やってみますか?」

「自社製品だし、触ったことはあるけど」

そう言いつつも意外とすんなり受け取った彼が、トングの端でうどんを摑む。炒めるというよりは持ち上げてみせてから言った。

「確かに、摑みやすさという点では他社製品より優れてるけど……」

「はい。長さを短くすることで、軽い力でも摑めるようにできていますよね。料理に慣れていないと力任せに炒めたりして具材が飛び出してしまうこともあるかと思いますが、このトングがあればそもそも力が要らないから、静かに炒められますよ」

トングもてこの原理を利用したものだから、作用点から支点までの距離が長くなるほど握力が必要になる。もちろん長くすることにもメリットはあり、例えば安全に揚げ物をしたい場合は長いトングの方がいい。かしわもちトングは短めなので、さっと炒めるものやひっくり返す作業に向いている。

「これが我が社のかしわもちトングの魅力です。出町さんが作られた傑作です」

私が胸を張るのとは対照的に、出町さんは照れたようで、なぜか縮こまってみせた。

「いえいえそんな……なんも大したことないんだけど……」

茨戸さんは黙ってトングの先を見つめている。考え込んでいるようにも見えるし、逡巡《しゅんじゅん》しているようでもあった。

「いい感じで火が通ったので、ぼちぼち食べ頃ですね」

私の言葉で我に返った茨戸さんが、炒めたうどんを周囲の人々へ配り始めた。皿を受け取っては盛りつける、その手つきはまだ覚束《おぼつか》なさもあったものの、それでもトングがうどんを取りこぼすことはない。しっかり摑んで皿まで運んでくれる。

締めのうどんもジンギスカンのタレにつけて食べた。甘辛いタレにラム肉の脂がしみ込んだうどんは格別の美味しさで、あれだけいっぱい食べた後なのにするするとお腹に入ってしまった。

「うん、美味しい！」

出町さんがにこにこうどんを頬張ると、深原室長もしみじみと唸《うな》ってみせる。

「さすが新津さん、上手に炒めるねえ。いつもお弁当持ってきてるし、お料理上手だもんね！」

「私は大したことないです。すごいのはシェフ工房ですよ」

謙遜《けんそん》のつもりもなく私は言った。だけどこの場にいるのは全員がシェフ工房の社員だ。途端に歓声めいたどよめきが起こり、続いて拍手が起こり、私は急に恥ずかしくなり、俯《うつむ》きながらうどんを食べる羽目になった。うどんの売れ行きは好評で、みんなあっという間に平らげてしまい、ちょっと物足りなかったほどだ。

「……すごいのはうちの会社、か」

うどんを啜《すす》りながら呟《つぶや》く茨戸さんは、そのままじっと考え込んでいる。シェフ工房製品の素晴らしさが伝わっただろうか。私が満足感に微笑むと、茨戸さんはちらっとこっちを見た。

「本当にすごい新人が来たな」

「光栄なお言葉です」

照れつつ応じると、やがて茨戸さんは意を決したように語を継いだ。

「新津さん、もっと話聞きたいんだけど」

「構いませんよ。じゃあ次は――」

「場所移してもいい？　この後、時間よければ」

時刻は午後八時を過ぎた辺り、締めのうどんも片づき、歓迎会もぼちぼちお開きが近い頃合いだった。

歓迎会の二次会はないようなので、私は茨戸さんに付き合うことにした。

もっとも仕事の話とはいえ、男性と二人で場所を変えてというのはよくない誤解をされる恐れがある。だから『地下鉄の駅まで一緒に行こう』と誘ってくれた企画開発室の皆さんには、心苦しいながら適当な嘘をついた。

「ちょっとこの辺りに見てみたいお店があるので、私はここで失礼します」

そう告げたら特に引き留められることもなく、円山公園入り口で解散となった。

「したっけ、新津さんお疲れ様！」

ほろ酔いの出町さんがご機嫌で手を振り、五味さんが待ち構えていたように通訳をする。

「『したっけ』というのは……この場合は『またね』って意味」

「そうそう、別れ際の挨拶《あいさつ》！　したっけ！」

通訳してもらって嬉《うれ》しそうな出町さんの笑顔が素敵だ。私も嘘をついた罪悪感が薄れた気がして、笑って手を振り返した。

「はい、お疲れ様でした。また明日《あした》！」

解散後は公園傍のコンビニで落ち合う約束だった。幸い、茨戸さんは先に着いていて、私が駆け寄ると出迎えるみたいに頭を下げてくる。

「時間をくれてありがとう。新津さん、パフェは好き？」

「大好きです！」

「よかった。じゃあいい店があるんだ」

そう言って連れていってもらったのは円山公園から程近いところにあるカフェだ。住宅地の中にひっそり立っているような小さなお店で、とっぷり暮れた夜の街並みにランプみたいな温かい光を放っていた。店内にはテーブルが四つとカウンター席があるだけで、私たちが入るとちょうど満席だ。

木のテーブルを挟んで向き合うと、茨戸さんはメニューを差し出してくる。

「遅くまで付き合わせてるし、好きなの頼んで」

「ありがとうございます」

メニューを開くと、載っているのはカフェらしい品ばかりだ。特にパフェに力を入れているお店のようで、フルーツを使った見目麗しいパフェの写真がいくつも並んでいる。

夜に甘いものを食べるのは多少の罪悪感もあったけど、お酒を飲んだ後だから冷たいアイスや甘酸っぱそうな果物が俄然《がぜん》魅力的に思えてきた。先輩がご馳走《ちそう》してくれるという時に遠慮するのもかえって失礼だろう。そう思い、ストロベリーパフェをお願いする。

「俺はレモンとショコラのパフェにしようかな」

茨戸さんも美味《おい》しそうな品を選ぶと、店員さんを呼んで注文を済ませてくれた。

パフェを待つ間、茨戸さんはスーツの内ポケットから小さなノートを取り出す。私が今日、深原室長から貰《もら》ったものよりも一回り小さめで、表紙にタヌールくんは描かれていない。こちらの視線に気づき、彼はノートを掲げてみせる。

「新津さんも貰った？　うちの会社、新入社員にはノートを配る慣習があるんだって。俺のは今年、自腹で買ったやつだけど」

そう言うからには、茨戸さんは昨年度貰ったノートを見事に使い切ったのだろう。

私は頷《うなず》き、今日貰ったばかりのノートを取り出し掲げる。

「貰いました。まだ名前をつけていないんです」

「名前なんてつけるんだ？　企画開発室の伝統？」

茨戸さんは初めて、興味深そうにこちらを見た。眠たそうに見える目が、カフェの明かりの下で静かな光を湛《たた》えている。

「伝統かどうかはわからないんですけど、出町さんはつけてるって伺いました」

「へえ、なんて？」

「エジソンノートです。格好いいですよね」

「確かに、あの人らしいな」

納得したような口ぶりに、出町さんの社内での評価が窺《うかが》える気がした。エジソンの名を冠しても過分ではないと誰だって思うだろう。

茨戸さんはノートを開き、一度手で押さえてから続けた。

「俺は名前をつけるって発想自体なかったけどな。ノートはノートなんだし、メモに使うだけなんだから」

「愛着が湧くかもという考えなんじゃないでしょうか」

「けど、消耗品だろ？　愛着持ったところでな」

どこか呆《あき》れたように言った後、茨戸さんはちらりと私を見る。

「ああごめん、うちの方針を貶《けな》すつもりはないんだけど。俺には合わないなって思ってるだけ」

私の表情から抗議の意思でも読み取ったのだろうか。そこまでのつもりはなかったものの、正直、純粋な疑問は抱いている。私がどうしても入りたくてはるばる海を渡ってきたシェフ工房には、茨戸さんのような人もいるのだ。

「差し支《つか》えなければ伺いたいのですが」

「差し支えなければ答えるよ」

「茨戸さんは、なぜうちの会社に入ったんですか？」

失礼な内容に言葉を選びたかったけど、どうしてもストレートに聞くしかなかった。

幸い、茨戸さんは気分を害した様子もなく即答する。

「札幌だから」

「それだけ、ですか？」

「そうだよ。地元から離れたくなくて、とりあえず入れる会社選んだだけ。本州って夏は暑いっていうだろ？　長野はそうでもないかもしれないけど」

住み慣れた地域の企業であるという点も、就活においては大事な条件の一つではあるかもしれない。しかしそれで興味のない職種に就いてしまったというなら、なんとももったいない話だ。

「向上心のない奴、って思った？」

笑いながらのその質問には、パフェをごちそうになる手前、素直に答えていいものか迷った。

「人それぞれ、いろんな事情があるんだなあとは……」

「別に本音言っていいのに。ま、足りない向上心は新津さんの商品知識に埋めてもらうよ」

私とは何から何まで対照的な茨戸さんは、改めて自分のノートに向き直る。

「一応、仕事で使うネタはメモしてるんだけどな。営業となると顧客から商品知識を求められることが多いから。ただうちは製品の種類が多いし、さっきも話したけど俺は全く料理しないから、全然覚えきれなくて困ってたんだ」

シェフ工房の製品はそのまま消費者に販売するのではなく、小売業者や卸問屋を介して消費者に届けられる。直接購入してくれる相手は業者だから、彼らが『売れる』と判断してくれなければ販売してもらうことができない。茨戸さんたち営業一課の仕事は、うちの製品がいかにいいか訴えかけ、店などに置いてもらえるよう交渉することだ。

「使ってみればわかりますよね、どれだけいい製品かって。トングだけじゃないですよ、他にも使いやすくて、まさに誰でもシェフになれちゃうようなアイテムばかりです」

「それ、もっと聞いてみたくて新津さんを誘ったんだ」

茨戸さんが知りたそうにしたので、私もトング以外の製品についてもそのよさ、魅力を語ることにした。パフェをご馳走してもらっているし、何より私はシェフ工房ファン、好きなものについてとことん話せるのは楽しくてしょうがないからだ。

「アイディアがすごいと思ったのは後付けサラダスピナーですね。市販のサラダスピナーはザルがセットでついているものですが、うちのはサイズさえ合えばどんなザルでも使えるのがいいと思います。底に滑り止めがついているから回していてずれないのもポイントで――」

私は自社製品について大いに語り、茨戸さんはそれをメモに取り、時折うんうんと頷きながら聞き入ってくれる。途中でパフェが運ばれてきて、ひんやり冷たいアイスでクールダウンも挟みつつ話に花を咲かせた。

「お酒飲んだ後のパフェっていいですね」

ストロベリーパフェは真っ赤に熟したイチゴがふんだんに盛りつけられていて、お店のライトに照らされて宝石のようにつやつや輝いている。一つ掬《すく》って口に運ぶとたちまち甘酸っぱさといい香りが広がった。添えられたホイップクリームはふんわり軽く、グラスの中で層を成すバニラアイスやヨーグルトソース、イチゴジュレなども大変美味しい。飲酒の後の火照った身体に冷たいパフェは相性抜群だ。

「いいよな。俺は飲みの後はいつも締めパフェなんだ」

茨戸さんが機嫌をよくしたように声を和らげる。

「締めパフェ、ですか？」

初めて聞く言葉だ。文脈からして、お酒の締めにパフェ、ということなのだろうけど。

「お酒の後にパフェとかアイスクリームとか、冷たいものを食べるんだ。札幌発祥の文化って言われてるけど、やっぱよそにはないのかな」

「私は初耳でした。北海道では酪農が盛んだから、なんでしょうか」

パフェの中のバニラアイスはとても濃厚で、しっかりと牛乳の味がした。締めのうどんやラーメンなら私も経験があるけど、今度からはパフェでもいいな。カロリーとも相談しつつ。

「札幌には夜パフェの美味しい店がたくさんあるから、興味あるなら何軒か教えるよ」

「はい、是非。こっちのお店はまだ詳しくなくて」

営業であちこち歩き回る茨戸さんなら、きっと美味しいお店もたくさん知っていることだろう。私はこの通り引っ越してきて一ヶ月の新人札幌市民なので、そういう情報はとてもありがたい。

私の答えを聞いて、茨戸さんは気遣わしげな表情になる。

「だけど、すごいな。新津さんって札幌に住むのは初めてなんだろ？　うちの会社のファンなのは十分わかったけど、その情熱だけで全く知らない土地で働き始めるなんて」

「どうしてもシェフ工房がよかったんです」

「だとしてもだよ。こっちに知り合いとかいたの？」

一応、いた。

隠すことでもないし、打ち明ける。

「友達が一人、札幌にいます。大学の、部活で一緒だった子で——あ、そうは言っても札幌来てからは忙しくて、まだ一度も会えていないんです」

円城寺晴《えんじょうじはる》はスキー部の同期だ。彼女は選手で、普段はころころ笑う可愛い子なのに滑る時はがんがん攻める優秀なスキーヤーだった。女子同士で話も合ったし、選手だった頃はよきライバル、そしてマネージャーになってからも忙しい時には手伝いに来てくれるような子だったから、大学時代は一番仲のいい友達だったと言ってもいい。

彼女も就職で札幌に来ていて、メッセージで何度か『一回会ってご飯でも食べたいね』なんてやり取りをしていたけど、さすがに四月のうちは叶《かな》わなかった。お互い新社会人で忙しい身だ。

「知り合いって言うとそのくらいですね。だから本当に一人で来たようなもので……

でもシェフ工房で働けるならそれでもいいと思いました」

「そこまで惚《ほ》れ込んでるんだな。うちの製品、そんなに特別?」

茨戸さんが不思議に思うように、シェフ工房はあくまでも数あるキッチン用品メーカーの一つだ。出町さんのアイディアは確かに素晴らしい。でも世界中探せば似たような製品を作るメーカーは他にもあるのかもしれない。

私がシェフ工房に惚れ込んだのにはきっかけがある。

「大学の頃の話なんですけど」

パフェの残りを掬いながら、私はそれを茨戸さんに打ち明けた。採用面接でも話したことを、決意を込め改めて口にする。

「私、スキー部のマネージャーをやっていたんです。元々は選手だったんですけど、怪我で続けられなくなっちゃって、それでマネージャーに転向しました」

スキーで怪我をしたと話すと、たいていの人はとても痛そうな表情をする。実際、茨戸さんも想像でもしたように顔を顰《しか》めた。

「えっ、大丈夫?」

「はい、だいぶ昔の話ですから。ただマネージャーになったと言っても、その頃は実家暮らしの甘ったれで全然料理なんてできなかったし、部員のために朝食や夜食を作らなくちゃいけないんで困ってたんです。でもそこでネットで調べて、料理を簡単に作る方法を学んで……その過程で出会ったのがシェフ工房の製品だったんです」

『誰でもシェフの腕前に』なんて、当時の私にはまるで夢みたいな謳《うた》い文句だった。半信半疑でそれに縋《すが》って何度も料理を試してみて――最初は簡単なメニューばかりだったけど、そのうちになんでも作れるようになった。

「シェフ工房のお蔭《かげ》で、私は料理が特技だって胸を張って言えるほどになったんです。人生を変えてもらったと言っても過言じゃない。だから、ここで働きたかったんです」

言い切った私を、茨戸さんは呆気《あっけ》に取られた様子で見つめてくる。

「なんか……新津さんみたいな人、初めて会ったかも。常にフルパワーで生きてる感じ」

私の方こそ、茨戸さんのような人とは初めて接した。よく言えば程よく肩の力が抜けている人、率直に言えば熱意のない人、かもしれない。

「俺もそんなふうになれればよかったな」

茨戸さんのノートはこのカフェにいる間だけでもう何ページも埋まっていた。私が話したことを全部書き留めていたからだ。これが彼の仕事の手助けになれたら嬉《うれ》しいし、もしかしたら茨戸さんも料理が得意だって言えるようになるかもしれない。シェフ工房の製品について、もっと詳しくなれる日が来るかもしれない。

「フルパワー出してみますか？　茨戸さんも」

「ええ？　出ないよ、俺」

私の問いかけに彼が曖昧《あいまい》な笑みを浮かべた時だ。

カフェのドアベルが鳴り、新しいお客さんが来たのがわかった。二人連れで、ひょろりと背の高い男性と、小柄で外ハネボブの女性だ。なんだか見覚えがある二人は、戸口で顔を見合わせている。

「さすがに逃げることとなくないですか、出町さん！」

「だ、だって、おっかなかったんだもん……」

「いや俺も怖いですけど！　つい店入っちゃいましたし」

そこへ店員さんが声を掛け、

「申し訳ございません、ただいま満席なのですが――」

ほぼ同時に、出町さんが私に気づいた。ぱあっと表情を輝かせて手を振ってくる。

「新津さん！　ここに寄ってたんだ？」

「え？　本当だ……ってか、一緒にいるの茨戸くん？」

続いて五味さんも振り向き、すっとんきょうな声を上げた。

「あれ、どういうこと？　仲良かったんだっけ？」

それにすぐ回答してもよかったけど、店員さんが『お連れの方ですか？』という目で私たちを窺《うかが》っている。そこで私は、まず茨戸さんに確かめた。

「相席してもいいでしょうか？」

「あ、ああ、もちろん」

状況を呑《の》み込みきれていない様子の茨戸さんがそれでも快諾してくれたので、私はすかさず相席を申し出る。出町さんは助かったという表情で私の隣に腰を下ろし、五味さんは少し申し訳なさそうに茨戸さんと並んで座った。

「大丈夫？　俺ら、邪魔してない？」

五味さんの言葉に、茨戸さんはいくらか気だるげに答える。

「いえ。新津さんに、うちの製品について教わってただけですから」

「茨戸くんが教わる側？　まあ、新津さん詳しいもんな」

「五味さんたちこそただならぬ様子でしたけど、何かあったんですか？」

次は私が尋ねる番だ。すると五味さんはなんとも言えない表情で出町さんを見やり、既にメニューを広げていた出町さんが決まり悪そうにする。

「ちょっと、地下鉄の駅で怖い人に出くわしちゃって……」

「怖い人？」

「って言ってもうちの社員。製造部の忠海《ちゅうかい》さんな」

五味さんが注釈を添えた名前は、私にとっては初めて聞くものだった。まだ製造部の皆さんとは仕事で接したことがなかったからだ。

しかし同じ会社の社員が怖いとはどういうことだろう。

「製造部の主任ですよね、忠海さんって」

茨戸さんはあまり接点がないのか、その口調は至ってフラットだ。

一方、五味さんは怪談でもするように声を潜めた。

「そう。俺らはあの人にずっと睨《にら》まれててさ、企画書出す度に設計が無茶だの、材料費がかさむだの、これじゃ売れないだのと駄目出しされてて、とにかく折り合い悪いんだよ」

「忠海さんは奇抜なアイディアとか嫌いな人だから。私が作るもの、お気に召さないんでしょ」

出町さんはしょんぼりしている。忠海さんのことはよく知らないけど、彼女を悲しませるような人ならちょっといい印象は持てない。

思い返せば今日、出町さんが防音ブースにこもっていたのもやかんの企画書をリライトするためだ。それも製造部から駄目出しがあったからだと聞いていた。もしかしなくても忠海さんからの再提出要請だったのかもしれない。

「したけど一緒の地下鉄乗ったら絶対仕事の話振られるだろうと思って、こっそり逃げてきたの。せっかくお酒飲んだし、いい気分で帰りたいもんねえ」

悲しそうに語った後、出町さんは気分を変えるように手元のメニューを覗《のぞ》き込む。

「勢いでお店入っちゃったけど、ここのパフェ美味《おい》しそう。何食べようかなあ」

「出町さん、切り替え早いですって」

「五味くんもメニュー見なよ。お酒の後は締めパフェしないと」

「いやいや、ジンギスカン食べた後ですし、こんな遅くに甘いものはちょっと……」

結局、出町さんはピスタチオとチョコレートのパフェを、五味さんは豆乳アイスコーヒーを頼んだ。運ばれてきたパフェの緑色をしたピスタチオアイスを、出町さんは実に幸せそうに頬張っている。

「美味しい！　寄り道してよかった！」

「本当、切り替え早すぎません？」

五味さんは圧倒された様子で呟《つぶや》いた後、隣に座る茨戸さんと、斜め向かいの私に向かって言った。

「ごめんね、割り込んだ挙句騒がしくしちゃって。しかももう食べ終わってるのに」

実際、私と茨戸さんのパフェの器はとっくに空っぽだ。だからといって先に席を立つつもりはないし、出町さんのいい食べっぷりを見ているのも悪くない。

「いいんです。これはこれで楽しいですから」

「別に大事な話してたわけでもないんで、お気になさらず」

私に続いて答えた茨戸さんが、その後で少しだけ笑った。

「けど、開発の人たちって揃いも揃ってパワフルですよね。新津さんにぴったりの部署だと思います」

それで私、五味さん、出町さんは思わず顔を見合わせる。

「やったあ、褒められたね、私たち！」

「え、褒められ……たのかな？　他二人はともかく、俺って決してパワフルなタイプでは……」

「筋トレの効果が出てるってことじゃないですか、五味さん」

茨戸さんの言葉の解釈を巡り、私たちは口々にそう言った。もっとも当の茨戸さんは否定も肯定もせずに笑っていたので、真意の程はわからないけど――こういう時はポジティブに受け取るに限る。

「ようし！　新津さんも企画に来てくれたことだし、今後はパワフルに頑張ろう！」

出町さんは小ぶりの拳《こぶし》を突き上げ、私に笑いかけてくる。

「新津さんも、駄目出しとか企画の頓挫《とんざ》とか、いろいろあるかもしれないけど。うちに来たからにはいっぱいいい製品作ってよ。新津さんの欲しいものを！」

それは憧《あこが》れを求めてシェフ工房に来た私にとって、夢のような言葉だ。

「わかりました。やります！」

拳を上げ返して応じる私を、茨戸さんは物珍しそうに、五味さんは苦笑気味に、そして出町さんは満面の笑みで見ていた。

そうだ、頑張ろう。とりあえず、貰《もら》ったノートに名前をつけよう。

シェフ工房の一ファンではなく、企画開発室のメンバーとして貢献できるように——ノートにいっぱいアイディアを書き込んでいきたい。料理を楽しむ私なりの『欲しいもの』を生み出していけるように。

だから名前は『欲しいものノート』にした。

ストーブ用鍋で春野菜ポトフ

私は『欲しいものノート』にたくさんのアイディアを書き込んでいた。

料理をしていると欲しいものはいくつも浮かんでくる。

例えば、絶対に手を切らない安全な包丁。材料を全部入れたらひとりでに料理を作ってくれる鍋《なべ》。

そういう夢みたいな思いつきもあれば、もっと現実的に、今住んでいる部屋のキッチンは少々手狭なので、調理台に取り付け、延長させて使えるまな板なんてあればいいなと思うし、シンクはステンレスだからマグネットがつかないので、マグネット以外で取り付けられる棚やスポンジホルダーが増えて欲しい。電気を使わないゆで卵メーカーなんて実現できたら、電気代を気にせずゆで卵が作れて最高なんだけどな。メレンゲを作る時は腕がだるくなるから、疲れない泡立て器なんてあったら嬉《うれ》しいかもしれない。

「──あ、これは私も欲しい！」

私の『欲しいものノート』に目を通していた出町さんが、うきうきと声を上げる。

二週間ほど書き溜《た》めてきたノートを、企画開発室のみんなにも見てもらうことになった。と言ってもまだ数ページを埋めただけに過ぎず、そのアイディアもほとんどは私の願望をぶつけただけのものだ。製品化できそうなネタは数個もない現状だったけど、出町さんの食いつきはよかった。

「うちの祖母がよくシフォンケーキ焼いてくれるんだけど、やっぱり泡立て器だと腕の力いるっしょ？　したけどハンドミキサーは重いから、軽いのないかなって考えていたところ」

「出町さんのおばあさんって、お菓子作りをされるんですね」

そう相槌《あいづち》を打つと、出町さんが口もとをほころばせる。

「うん、私より全然上手」

浮かべた幸せそうな表情からも、出町さんのおばあさんの料理上手ぶりが伝わってきた。手作りのシフォンケーキ、きっと素晴らしく美味《おい》しいのだろう。

「よく作ってくれるのは嬉しいけど、その度に『腕こわい、腕こわい』って言っててなんとかしてあげたいなって思ってて」

出町さんは腕をさすりながらおばあさんの真似をしてみせた。

すかさず五味さんが翻訳してくる。

『こわい』は疲れた、って意味だよ」

「やっぱり。なんとなくそうかなって思ってました」

私も出町さんの北海道弁に慣れてきて、意味を文脈から推し測れるようになっていた。

「それにしてもいいね、『欲しいものノート』って」

深原室長が私のノートを見て微笑む。

「新製品のネタはそういうちょっとした願望から発展するものだからね。新津さんなら斬新なアイディアもひらめきそう。期待しちゃおうかな」

「頑張ります！」

プレッシャーはあるものの、私をここへ招いてくれた上司が期待してくれているのだ。出来る限り応《こた》えたい。

とりあえず次の新製品開発会議に向けて、出せるネタをいくつかまとめておこうか――私がそんなことを考えていると、出町さんが思い出したように口を開く。

「そういえば、五味くんもノートに名前つけてたっしょ？　なんだったっけ？」

「え？」

虚を突かれた様子の五味さんが、目を丸くした。

「あー、なんでしたっけね。入社一年目の話なんで忘れちゃいましたよ」

「したら、今はつけてないの？」

「まあ、俺のはただのメモ帳なんでね。毎回名前つけるのもアレかなと」

私は密《ひそ》かに残念がった。五味さんがどんな名前をつけたのか、是非聞いてみたかったのだ。

しかし彼は思い出すつもりもないようで、別の話題を口にする。

「そうだ。先日製造部の方に回した『ストーブ用鍋』、試作品をもうじき届けられると忠海さんが言ってました」

「わあ、早いね。仕上がりが楽しみ」

安堵《あんど》した様子で応じた深原室長が、その後で私にも企画書を見せてくれた。

私の地元と同じく、北海道も冬は長くて寒さが厳しい。電気ストーブでは暖房が追いつかず、各家庭には灯油ストーブが設置されているのが当たり前のようだ。現に私の今の部屋にも据え付けのFF式灯油ストーブがあり、共有の灯油タンクもある。冬になったらストーブの前から離れられない生活になるのだろう。

そんなストーブの天板の上に鍋を置いての調理は、冬の厳しい地域ならではの楽しみだ。

「じっくりことこと煮込む料理に向いているからね。試行錯誤の真っ最中」

企画書にはその試行錯誤の過程も詳しく記されていた。ストーブの上では水の入ったやかんを沸騰させられるほど加熱できるため、当然お米やイモ類などデンプン質を含む具材を入れた鍋を放置しておけば吹きこぼれの危険性もある。天板に水が掛かると錆《さ》びたり故障の原因にもなったりするから、鍋の縁を高めにして、蓋《ふた》を鍋の中に収められるような形にされていた。また鍋底に凹凸を設けることで焦げつきを防ぐ他、鍋の外へ吹き出そうとする対流を内向きに変える仕様にもなっている。

「鍋底にスプーン置いとくと吹きこぼれないって言うっしょ？　あれの応用」

出町さんがどこか恥ずかしそうに教えてくれた。恐らく彼女のアイディアなのだろう。

鍋はシリコン製で、鋳物より保温性は劣るものの軽くて持ち運びしやすいので、キッチンとリビングの行き来を行うストーブ調理に適している。また使わない時には折りたためるのもいい。底面は熱伝導率のいいアルミニウム製だ。

「今回はデザインにもこだわったし、使いやすい鍋になったと思うな」

深原室長の言葉に、五味さんがふと憂鬱《ゆううつ》そうな顔をする。

「忠海さんは苦い顔してましたよ。あの人、製造部員なのに『シリコンの鍋とか安っぽくないですか？』って不満みたいです」

　すると出町さんが不安げに眉尻《まゆじり》を下げてこう言った。

「忠海さん、もしかして怒ってました……？」

　たちまち五味さんは慌てたように首を横に振る。

「まさか！　怒ったとかじゃなくてですね、あの人の愚痴っぽいのはいつものことですから。出町さんは全然心配しないでください」

「したらいいけど……」

　とは言いつつ、出町さんは尚《なお》も落ち着かないそぶりを見せていた。先日のお花見の時と同じだ。

　私はまだ噂の忠海さんと話したことがない。入社以来いろんな人と挨拶《あいさつ》はしたけど、忠海さんについては話題を聞くばかりでまだ顔も知らなかった。ただ製造部で主任をされている方らしく、企画開発室でまとめた新製品案は忠海さんに試作品製作をお願いするのがいつもの流れだ。

「まあ、試作を繰り返すと忠海さんも大変だからね。なるべく少なく済むといいよね」

　深原室長がそう言うのを聞きながら、私は改めて企画書に描かれた鍋のデザインを眺める。

美味しそうなマカロンみたいなパステルオレンジの鍋、その側面にはシェフ工房のロゴがでんと貼られていて、にこにこ笑うタヌールくんも並んでおり、まだ形にはなっていなくても間違いなく我が社の製品だと改めて実感できた。


職場の昼休みは一時間あり、その間は好きに過ごしていいことになっている。

私が企画開発室に配属されたてのうちは早く馴染《なじ》めるようにとの配慮からか、開発室の四人で昼食を取ることが多かった。でも深原室長は会議などで呼ばれて昼休みは不在の場合もちょくちょくあり、また出町さんは新製品のアイディアに詰まるとあの防音ブースにこもりがちで、たまにお昼もそこで食べる日がある。

「熱中している時はそっとしておいてるよ」

五味さんはそう言って、気をもむ私を宥《なだ》めた。

「我が社が誇る天才開発者の仕事を邪魔するのは罪だろ？　だからいいんだよ」

「なるほど」

私が声を掛けることで出町さんの素晴らしいひらめきが霞《かす》んでしまうようではいけない。お昼をご一緒できないのは寂しいけど、仕方ないだろう。

若干しょんぼりしながらお弁当箱を取り出していると、不意に五味さんが尋ねてきた。

「そういや、新津さんって社食使ったことあったっけ？」

「いえ、まだないです。いつもお弁当持ってきてますから」

「うちの社食は持ち込み専用なんだよ。いい機会だし、今日はそこで食べよっか」

五味さんの案内で連れて行ってもらうと、社員食堂という名前ではあるものの、食事を提供できるだけの厨房《ちゅうぼう》は確かになかった。一般家庭と大差ないサイズのシンクと二口コンロがあり、給湯器があるという程度のキッチンが併設されているだけだ。あとはだだっ広いスペースに長方形のテーブルが二十台ほどと、テーブルごとにパイプ椅子が六脚用意されている。

時刻は十二時半過ぎで、食堂内のテーブルは半分以上が人で埋まっていた。そのほとんどはシェフ工房のロゴ入り作業着をまとった製造部の皆さんだ。

「お弁当持ってくるか、外で買ってくるかした時はここで食べてもいいんだって」

食堂のテーブルで向かい合わせに座った五味さんが、椅子に座り直しながら教えてくれた。細いスチールパイプの椅子が小さすぎるのか、いささか座りにくそうにしている。

「新津さんはいつもお弁当みたいだけど、実はこの辺安くて美味《おい》しい店も多いんだ。ほら、大学とか近いから。外で食べてくる人も結構いるみたいだよ」

シェフ工房がある北二十四条《きたにじゅうよじょう》付近には、学生向けの安くてたくさん食べられる店が多くあるという話だ。私はお昼休みは持参したお弁当を食べるし、仕事で社外に出ることもないので開拓もできていない。そういうことならたまには外食もいいかもしれない。

「そういえば、出勤してくる時に学生さんっぽい人たちと乗りあわせることありますね。大学近いからだったんだ」

「いるいる。学生さん見かけると、自分にもあんな頃があったなって思うよ。あの頃の俺はとにかく希望に満ちてたな……」

五味さんは懐かしそうな顔をしながらランチボックスを開ける。中身はいつもと同じく蒸した鶏肉とブロッコリーだ。ドレッシングも掛けずにそれを食べるのがすごいと思う。

そこで五味さんははたと気づいたように言った。

「学生時代なんて、新津さんにしてみたら直近の記憶か」

「そうですね、確かに」

「ところでどう？　こっちの生活には慣れた？」

「はい。まだあんまり遊びに行ったりはしてないですけど、それは暖かくなってきたら追々って思ってます」

先月、茨戸さんにも似たようなことを聞かれたな。そう思いながら正直に答えた。

それで五味さんは同情めいた笑い方をする。

「わかるよ。北海道って春になっても寒いよな」

「朝晩すごく冷えますよね。ストーブ点《つ》けようか迷うくらいです」

「点けちゃっていいと思うよ、俺はたまに点けてる」

札幌はいわゆる『リラ冷え』の時季を迎えていた。リラとはライラックのことで、その花期である五月後半から急に冷え込むことを指す。北海道で主に使われている美しい季語だ。

ここ数日は朝晩の気温が十度を下回ることも多かった。五月にストーブを焚《た》くのも珍しくないのなら、明日《あした》からは遠慮なく点火しようと思う。

「俺もこっち来て三年過ぎたけど、春先の寒さだけは一向に慣れないな」

五味さんは溜息《ためいき》混じりに語ってみせた。

「冬場はまだ覚悟して迎えるからなんとか乗り切れるんだけどな。桜咲いたのにまだ寒いの？　って思っちゃって」

「春が来たって雰囲気はないですね。早く夏が来て欲しいです」

スキー部にいたくらいだから、私は季節で言えばやはり冬が好きだ。雪が降り積もった真っ白な景色は美しいし、冬の空気は澄んでいて吸い込むと頭がすっきりする。イベントなんかもたくさんあるし――だけど今年に限っては、早いところ暑い季節にお越しいただきたい心境だ。

「そういえば、五味さんってどちらのご出身なんですか？」

私と同じく道外から来たとは聞いていたけど、具体的にどこかは知らなかった。イントネーションは標準語に近いような気がする。大学時代の友人である円城寺は東京出身で、五味さんの話し方は彼女と時々似ている。

「なんかそれ、久々に聞かれたな」

どこか懐かしげな五味さんが答えた。

「俺は横浜《よこはま》。もう長いこと帰ってないけど」

「やっぱり！　イントネーションが関東の人だろうと思ってました」

「そう？　わかるもんなんだ」

照れたような口ぶりでそう言った後、五味さんは複雑そうに続ける。

「俺も、まさかはるばる北海道まで来て働くことになるとは考えもしなかったな。修学旅行で来たきりで、特に知り合いもいない場所だっていうのに」

「私と一緒ですね。本当、まさかでしたよ」

その決断も憧《あこが》れのシェフ工房で働けるからこそできたことだ。私も同意の気持ちで頷《うなず》く。

それで五味さんはおかしそうに笑ってみせた。

「今じゃ北海道の方言までマスターしちゃったからな」

「すごいですよ。私も早く覚えたいです」

「出町さんと一緒に仕事してればそのうち覚えるよ。こっちに来て出会った人の中で、あの人が一番訛《なま》ってる」

出町さんの訛りは深原室長や茨戸さんよりも強めだ。出町さんはおばあさんと一緒に暮らしているそうなので、その影響もあるのかもしれない。うちの父方の祖父母は長野の南信《なんしん》地域に住んでいて、やはり結構訛っている。

『七雪はまた背ぇ伸びたずら？　すっかりくねぽくなったもんで』

大学の卒業式の写真を送った時に電話で話した際、祖母はそう言って驚いていた。ちなみに『くねぽい』とは『大人っぽい』という意味だ。私が北海道へ行くと聞いたらとても寂しそうにしていたから、帰省したら真っ先に会いに行くつもりだ。

出町さんのおばあさんもそんなふうに、出町さんと日常的に会話をしているのかもしれない。まだ会ったこともない人を勝手に思い浮かべて、なんだか胸が温かくなる。

出町さんといえば、

「今って、出町さんは何を作っていらっしゃるんですか？」

あの防音ブースにこもりきりの理由を尋ねてみた。

「冬用のキッチンマットのデザインだって。毛足が長くて、足元が冷えない仕様のを考えてるそうだ。秋には展示会があるし」

五味さんは日数を数えるように指を折りながら続ける。

「九月だからあと四ヶ月後か。展示会にはできる限り魅力ある新製品を並べて、小売業者や消費者に関心を持ってもらわなきゃいけない。運よくメディアに取り上げてもらえたら売れ行きも段違いによくなるしな。だから秋の展示会にはまさに社運を懸けて取り組むんだ」

「すご……社運ですか」

出町さんが一生懸命になる理由もわかる。それならよりいい新製品を、よりたくさん用意しておかなければならない。

「私も頑張らないと……」

思わず気を引き締めると、五味さんも優しく言ってくれた。

「新津さんの『欲しいものノート』からも展示会デビューする製品があるかもな」

そうなるといい。シェフ工房に入社し、憧れの製品を作った人たちにも会えて浮かれていたけど、私もまた企画開発室の一員だ。招いていただいたからには何か開発して、シェフ工房に貢献したいと思う。

「是非、実現したいです！」

私が張り切って答えた、その時だった。

微笑んだ五味さんの視線がすうっと横に流れたかと思うと、二人で座っていたテーブルに大柄な影が差す。とっさに振り向くと、青い作業着姿の男性が私の背後に立っていた。

影と同じように、がっしりと肩幅の広い人だ。刈り込んだ短髪ときれいに髭《ひげ》が剃《そ》られた顎《あご》、黒いセルフレームの眼鏡はスクエアタイプで、レンズの向こうの目は感情がかけらも窺《うかが》えないほど冷静だった。大きめのトートバッグを提げており、それを分厚い胸の前に掲げ直してみせる。

「五味さん、ちょっといいですか？」

男性は落ち着き払った声を発した後、ちらりと私に目を向けた。

次の瞬間、思い出したように言い添える。

「ああ、開発の新人さん。私は製造部の忠海です、どうぞよろしく」

作業服の胸元には、確かに『忠海仁志《ひとし》』と名前が縫い込まれていた。

「新津です。よろしくお願いいたします」

慌てて立ち上がり頭を下げると、忠海さんは困った様子で手を上げ、私を押しとどめる。

「いいですよ、そこまでしなくても」

言い方がぶっきらぼうにも、本気で迷惑そうにも聞こえた。

この人が、あの忠海さんか――今朝も出町さんが不安そうにしていたのを思い出し、失礼ながら少々納得してしまう。確かにこの人から苦言を呈されたら怖く感じるかもしれない。

五味さんも先程までの笑みを消してしまって、神妙な面持ちで聞き返していた。

「どうかしましたか、忠海さん」

それで忠海さんは困ったような表情のまま、トートバッグの中身を取り出す。

「ちょっとこれを見てもらいたくて。例の、ストーブ用鍋《なべ》の試作品です」

取り出されたのは、企画書に描かれていたのと全く同じ鍋だ。パステルオレンジのシリコン製で、底面はアルミ製だった。吹きこぼれを防ぐために縁は高めに、蓋《ふた》は鍋の中に収められるようにしてある。透明なガラス蓋から、鍋底の凹凸も確認できた。鍋の直径はおおよそ十六センチで、一人から二人用サイズだ。

「ありがとうございます。いつもお早いお仕事で助かりますよ」

五味さんが破顔したのとは対照的に、忠海さんは眉《まゆ》を顰《ひそ》めた。

「いいんですか？　こんな安っぽい仕様で。展示会に出す製品なんでしょう？」

「え、ええ。ですが誰でも使いやすいように軽く仕上げる必要があって――」

「出町さんは視点が細かすぎるんですよ。シェフ工房の理念どうこうと言いつつ、消費者に気を遣いすぎてかえって調理器具としての性能を落としている。それでいてこの色合いは可愛すぎます。今時料理をするのは女性だけというわけでもないでしょうに、男性が手に取りにくいカラーリングにして消費者を遠ざけてしまうのは本末転倒ではないですか」

すらすらと飛び出てくるのはクレームばかりだ。実際、シェフ工房の主力商品であるキッチン雑貨はどれも派手なカラーリングが多い。それは発色のいいプラスチックやシリコンの製品が多いからというのもあるのだろうけど、出町さんの趣味でもあったのかもしれない。

「そもそも私はシリコンで鍋を作ること自体、微妙だと思ってますけどね。鍋なんて水を張ったらどうせ重くなるんですから、素材の軽さなんて誤差みたいなものでしょう。ましてやストーブ鍋なんてストーブの上に置きっぱなしにするものじゃないですか。軽さなんて要りますか？」

忠海さんのぼやきは止まらない。立て板に水で文句を連ねてみせる。

とはいえシェフ工房の、そして出町さんの発想のファンとしては、彼の意見を素直に受け入れがたい気持ちもあった。初対面の相手、しかも先輩に真っ向反論していいものか、考え込む私の前で、五味さんも気まずげな表情をしている。

「ご不満はわからなくもないですけど、出町さんは売り上げで結果出してますし」

「そうですけどね。しかし一人くらいあの人の視点に反旗を翻す人間がいてもいいと思うんですよ」

忠海さんはテーブルの上の鍋を、ぐいっと五味さんの方へ押し出した。

「ですのでこの試作品をいち早く試して、問題点を洗い出してもらえますか？」

「お、俺がですか？」

「出町さんに頼んだら問題点なんて出てこないでしょ。五味さんがやってください」

「いや、俺は鍋料理とかはしないんで……」

五味さんが苦し紛れみたいにそう言うと、忠海さんはくるりとこちらを向く。

「だったら新人さん。あなたがお願いします」

「私ですか⁉」

シリコン製のストーブ用鍋が私の目の前に置かれた。近くで見た限りでは問題点なんて見当たらず、いい鍋に仕上がったなと思う。

「ちょ、ちょっと待ってください。新津さんまで巻き込むこと――」

五味さんが割って入ろうとした。しかし忠海さんは聞こえなかったかのように私へ告げる。

「使ってみて、少しでも問題点があったならその通り報告してください。私と、もちろん出町さんにもね」

忠海さんの眼差《まなざ》しはまるで噛みつくような険しさがあった。この鍋のオーダー通りの仕上がりに絶対の自信があることが窺えたし、同時に出町さんへの強い反感も読み取れる。ライバル意識、なんだろうか。

「そういうことですので、よろしくお願いします」

私の返答を一切待たず、忠海さんは踵《きびす》を返す。そのまま颯爽《さっそう》と社員食堂を出ていく彼の後ろ姿を、私だけではなく居合わせた製造部の人たちまでもが黙って見送っていた。賑《にぎ》やかだったはずの社員食堂がその瞬間だけしんと静まり返る。

そしてテーブルに残されたのは鍋だ。

「五味さん、どういうことなんですか？」

突然の振りに戸惑う私に対し、五味さんも疲れた様子で天井を仰ぐ。

「前にも言ったけどああいう人なんだよ、忠海さん。うちの企画案が気に入らないと文句言うし、時々出町さんに対抗意識みたいなの見せるし」

「出町さんに失礼じゃないですか、あの仰《おっしゃ》りよう」

私は内心腹を立てていたけど、五味さんは諦《あきら》めたような顔をしている。

「でも出町さんは気づいてないみたいだけど、忠海さん、出町さんには直接文句を言わないんだ」

「え？　なぜです？」

「出町さんがへこむから。先輩にこう言うのもなんだけど、出町さんって人一倍打たれ弱いっていうか、めちゃくちゃ落ち込みやすい人なんだよ」

そう話す五味さんは、困ったようにこめかみを揉《も》み解《ほぐ》している。

「俺が入社したての頃にもこういうことがあってさ。あれは後付けサラダスピナーを作った時だったんだけど、あの時も忠海さんからクレームが来たんだよ、『耐久性を無視して安価なものを作ったところでごみを増やすだけじゃないですか』とかなんとか」

「物言いが強すぎますよ、それ」

「まあね。それで出町さん落ち込んじゃって、あの防音ブースに膝《ひざ》抱えて座り込んで、半日近く閉じこもってさ。忠海さんもそれ聞いて様子見に来たけど『別に謝ることじゃないですし』って言い分で。新人の俺が出町さん励ましたり、忠海さんを取りなしたりで大変だったんだよ」

その場にいなかった私にも想像がついた。出町さんは屈託なくて素直で、失礼を承知で言うと年下みたいだなと思うことすらある。私はそういう感情の起伏も含めて出町さんを素敵な人だと思っているけど、だからこそ落ち込むときは目に見えるほど落ち込んでしまうんだろう。

「忠海さんも出町さんを認めてはいるんだろうな。傷つけたくはないって思いがあるのか、それ以来文句を言う時はいつも俺。この間だって、同じ地下鉄に乗り合わせてたら言われてたのは俺だったと思うよ」

「ええ……それは大変ですね」

「だろ？　俺は企画開発室のクレーム窓口担当ってわけ」

五味さんはどこか遠くを見つめている。出町さんと忠海さんの板挟みに遭い、さぞかし大変な思いをしてきたのだろう。

ただ、私にとってもその苦労は他人事《ひとごと》ではないようだ。

「私も窓口担当者の一人になったってことですね」

ストーブ用鍋を見下ろし、呟《つぶや》く。

「俺が持って帰ろうか？」

気を遣うように五味さんは言ってくれた。でもさすがにそれは悪い。

「大丈夫ですよ。それに、五味さんはお鍋で料理されないんですよね？」

「ブロッコリーと鶏肉を茹《ゆ》でるくらいならなんとか……」

「いえ、私がやります。お気遣いありがとうございます」

引き受けると、五味さんはわざわざ私に頭を下げてきた。

「じゃあ任せた。持ち帰る時はくれぐれも出町さんには見られないように」

「もちろんです」

安請け合いしたものの、正直そちらの方が難しい気がする。こんなかさばるものを、果たして出町さんの目につかないように会社から運び出すことはできるだろうか。

差し当たって私は、受け取った鍋《なべ》を終業時まで隠しておく必要に迫られた。

幸いシリコン製の鍋は折りたたんでしまうことができたし、五味さんが持ち合わせていた紙袋を貸してくれたので、それに鍋を隠した上で自分のロッカーにしまえた。とはいえ扉を閉める瞬間まで出町さんに見られてしまわないかどきどきしたし、隠した後も悪いことをしたような気持ちでずっと荷が重かった。

「新津さん、顔色悪くない？　こわいの？」

何も知らないはずの出町さんは、そんなふうに勤務中の私を案じてくれる。

「季節の変わり目だから体調崩したってことない？」

「だ、大丈夫です。全然元気ですよ、私」

どうにかごまかして否定はしたものの、出町さんはその後も何かと私を気に掛けてくれていた。五味さんは五味さんで一人やきもきしている様子を見せていたので、私はその日一日、爆弾を隠し持ったような気分で過ごした。

終業後は、大急ぎで企画開発室を後にする。

「お疲れ様でした、お先に失礼しますっ！」

「あ、早いね。お疲れ様でした」

深原室長が怪訝《けげん》そうにしつつ見送る横で、五味さんが申し訳なさそうに手を合わせてきた。出町さんはおやつのチョコレートを食べながら、幸せそうな顔で手を振ってくれている。私は三人それぞれに頭を下げ、その足でロッカールームに駆け込んだ。

当たり前ながら、鍋はスポーツ用品店の紙袋ごとまだ私のロッカールームの中にあった。手品でもないのに消えてしまうことはありえないから、落胆しながらそれを抱える。いつものバッグもあるからなかなかの荷物で、これから地下鉄で帰ることを思うと若干億劫《おっくう》だった。

ロッカールームの内外には帰り支度をした社員がちらほらいた。出町さんの姿は見当たらない、帰るなら今のうちだ。通用口を目指し、早足で廊下を歩き出す。

その時だった。

「――新津さん、今帰り？」

「わあっ」

いきなり声を掛けられ、さすがに驚く。それが出町さんでないことはとっさに判断できたけど、危うく跳び上がるところだった。

「ば、茨戸さん……お疲れ様です」

振り向きながら挨拶《あいさつ》すると、茨戸さんは戸惑い気味に瞬《まばた》きをしている。

「そんなに驚かせた？」

「いいえいいえ、違うんです。ちょっといろいろあって」

「ああ、そう」

釈然としない様子の茨戸さんは、スーツの上着を脱いで脇に抱えていた。きっと外回りの帰りなのだろう。

そういえば、茨戸さんと話をするのは先月以来だ。私は鍋入り紙袋を抱え直し、改めてお礼を述べた。

「先日はごちそうさまでした。パフェ、とても美味《おい》しかったです」

すると茨戸さんはいくらか目元を和らげる。営業職なのにあまり笑わない人だ。初対面の時に思ったように、普段の茨戸さんは表情一つとっても省エネルギーに努めている印象だった。

「喜んでもらえてよかったよ。今度は違うお店に案内しようか？」

それでいて口調は軽く、親しげだ。私、この人と仲良かったかな、などと錯覚してしまうような——やっぱりこういうタイプの人は他に接したことがない。

「ありがとうございます。機会があれば是非」

私の戸惑いには気づかなかったのか、茨戸さんはマイペースに続ける。

「俺もちょうど、新津さんのレクチャーをまた受けたいなと思ってたとこなんだ。この間いろいろ教えてもらったお蔭《かげ》で得意先に褒めてもらえてさ。『急に製品に詳しくなったな』って堀井部長からも驚かれて……新津さんから聞いた製品情報、めちゃくちゃ役立ってるよ。ありがとう」

お礼を言われると、なんだかんだ悪い気はしなかった。私はただ自分の好きなものについて語っただけではあるけど、それが人の役に立てるならいいことだ。

「お役に立てて光栄です。実際試してみたりもしました？　お料理とか」

「うん。まあ、簡単なものから」

そこで茨戸さんは気だるそうに笑った。

「かしわもちトングのお蔭で、焼きそばとか野菜炒《いた》めくらいなら作れてる。本当に簡単すぎて恥ずかしいけど」

「十分すごいですよ！　なんでも一歩めを踏み出すのが難しいと言いますし、そう考えると偉大な一歩です」

私は実感を込めつつ褒める。

「それにシェフ工房には、そこからステップアップするための調理器具だってたくさんありますから。慣れてきたら是非そちらも試してみてください」

料理を覚えてくるともっと便利な道具が欲しくなるものだ。調理の工程をちょっと楽にできたり減らせたり、そういう時短向きのグッズだってたくさんある。

「相変わらず、新津さんの方が営業みたいだな」

茨戸さんはシャツの胸ポケットからスマホを取り出す。

「とにかくさ、俺ももっと勉強したいから、また時間作ってもらえたら嬉《うれ》しいんだけど。今度は休みの日に、パフェのついでにでもどう？」

「え……っと」

思わず、答えに窮した。

嫌なのかと言われるとそうではなく、ただ正直なところ、男性と二人で出かけることに多少の抵抗がある。前回は飲み会の延長線上にあったから仕事の内だと思えたけど、休みの日となると。

私は大学時代ですら、男の子と出かける機会はスキー部関連でしかなかった。むしろスキー部の打ち上げや買い出しですらほとんど円城寺が一緒にいてくれたから、ほぼなきに等しいと言ってもいい。

「別に変な誘いじゃないよ。仕事の話だし」

反応が芳しくないと見たか、取りなすように茨戸さんは言う。

「俺は新津さんに美味しいお店を教えてあげて、新津さんは俺に自社製品知識を教えてくれる。そういうギブアンドテイク。どうかな？」

そこまで言われると、逆に身構える方が失礼なのかもしれない。スキー部一色だった私とは違って、茨戸さんは女性と出かけることにも抵抗はないのだろうし、だからこそ意識もしないのだろう。私も社会に出た以上、自分とは違うタイプの人と接する機会を増やした方がいいはずだ。

ちょうど、私には知りたいことがあった。茨戸さんが締めパフェ店に詳しいのは聞いていたけど、札幌が地元で、営業でもあちこち出歩いているなら他の飲食店についても知っているはずだ。ここで暮らしていく以上はぼちぼち開拓していきたいと思っていた。

「あの、それでしたら、他のお店のことも教えてもらえませんか？」

「他のお店？　例えば？」

「パフェ以外にもご飯食べられるところとか、たくさん知っておきたいんです。私、まだ札幌歴浅いので、とにかくいろんなお店行ってみたくて……茨戸さんは詳しいですよね？」

「そういうことなら、遠慮なく頼って」

声に安堵《あんど》の色を滲《にじ》ませた後、茨戸さんは手にしていたスマホを振る。

「連絡先聞いてもいい？　情報交換するためにスケジュール合わせたいし」

「もちろんいいですよ」

私もスマホを取り出そうとしたけど、鍋《なべ》入り紙袋のせいであいにく両手が塞《ふさ》がっていた。袋は膝《ひざ》で支えつつ、どうにか空いた手でスマホを出せば、見かねたように茨戸さんが申し出る。

「持つよ、それ」

「あ、ありがとうございます」

紙袋を渡すと、茨戸さんはたちまち拍子抜けしたような顔をした。

「なんだ、思ったより軽かった」

「中身、鍋なんです。新製品の試作品で」

「こんな大きい紙袋だと逆にかさばりそうだな。新津さん、地下鉄だろ？」

「そうなんですけどね……」

絶対に出町さんに見つかってはいけないので、せっかくのシリコン製鍋がやたら重く感じる。そしてこの鍋を試したら、忠海さんに報告しなくちゃいけないというのもまた憂鬱《ゆううつ》だ。

ともあれ無事に連絡先を交換し合い、そこで茨戸さんは珍しく愛想のいい笑顔を見せた。

「じゃ、予定固まったら連絡するから」

「よろしくお願いします」

私も笑い返しつつ、少し嬉しく思う。

何もかも自分とは対照的な茨戸さんだけど、もしかしたら仲良くなれるかもしれない。会社の先輩だから友達と呼べるようになれるかはわからないものの、なんせ札幌に友達が一人もいない状況だから——いるにはいるけど円城寺とは未《いま》だに会えていないから、こうして新しい人間関係を築けたことは幸運だ。

新たな連絡先を追加したスマホをしまうと、茨戸さんは私に紙袋を返してきた。

「大荷物で大変だろうけど、気をつけて帰って」

「はい、ではお先に失礼しま——」

私が挨拶をしかけたところで、

「あ、新津さん！」

背後から、今一番恐れている声がした。

振り向くと見えたのは、出町さんが私に気づいてぱっと輝かせた顔だ。柔らかそうな髪をふわふわ揺らし、手を振りながら駆け寄ってくる姿が見えた時、季節外れの冷や汗が背を伝った。

「い、出町さん……！」

私の呻《うめ》き声に茨戸さんも振り向き、追いついてきた出町さんに会釈をする。出町さんは息を切らせながらもお辞儀を返し、それから私に笑いかけてきた。

「まだ帰ってなかったんだ。お疲れ様です」

「お疲れ様です……あの、ど、どうかされました？」

「なんもないけど、新津さん急いでたみたいだから、あんまりしっかり挨拶《あいさつ》できなかったなって。したら廊下にまだいたから、嬉しくて。それだけ」

それだけのために、わざわざ走って駆け寄ってきてくれたのか。嬉しいやら、めちゃくちゃ心苦しいやらでいたたまれない気持ちになる。出町さんはこんなにいい人なのに、どうして私は隠し事なんかしなくてはいけないのだろう。

自責の念に駆られる私をよそに、出町さんは改めてというように茨戸さんを見上げる。小柄な出町さんは茨戸さんと頭一つ分の身長差があり、背が高い五味さんと並ぶと更に小さく見えた。そこも含めて可愛らしい出町さんが、ふと怪訝《けげん》な顔をする。

「茨戸くんはなしてここに？　新津さんに用？」

「ええ、製品情報について教えてもらっているんです。新津さんは新人ながらとても詳しいので」

「でしょ？　新津さんは製品知識豊富で、大した頼れる人材なんだから！」

まるで我が事のように胸を張り、熱心に褒めてくれる出町さんに、私は照れてしまった。

「そんな、出町さんに褒められるなんて感激です」

くすぐったい気分で頬を掻《か》こうとして、塞がっていた両手を思い出す。中身が見えないよう紙袋を抱え直し、出町さんに悟られる前に切り出した。

「すみません、私はお先に失礼します」

「え？」

当然、茨戸さんも出町さんも驚いたようだ。和やかな会話を打ち切るように帰りたがっているのだから無理もない。私だって許されるなら、出町さんに褒められた余韻にもう少し浸っていたかった。

「急いでたのか。呼び止めたりしてごめん」

「い、いえいえ！　全然大丈夫です！」

茨戸さんに謝られてしまったので急いでかぶりを振り、

「したっけ、新津さん。また明日《あした》ね」

「はい！　お先に失礼します！」

出町さんに手を振られ頭を下げて、私は再び廊下を急ぐ。それ以降は知り合いに会うこともなく、無事に社屋を出て、北24条駅から南北線に乗り込んだ時、ようやく一息つくことができた。

いや、まだやるべきことは残っている。この鍋を実際に試してみるという任務が。

帰宅後、私は改めて忠海さんから預かった試作品を眺めてみた。

見た目はきれいなパステルオレンジのシリコン鍋だ。まだ傷一つ、汚れ一つない新品で、少しケミカルな匂いがする。アルミニウムの鍋底は艶《つや》がなく、鈍い光を放っていた。

実を言えば私も新作を試してみたいとは思っていたのだ。熱伝導率がどうの、保温性がどうのといっても点《つ》けっぱなしのストーブなら自然と火が通るものだし、さしたる問題はないように思う。シリコン鍋は収納に便利だし、小さめのものなら作った料理を鍋ごと保存できるのも魅力だ。そういう意味では試作品を貸してもらえたのもラッキーだった、と言っていいかもしれない。

これが平和的な賞与だったなら、もっとよかったんだけど。

溜息《ためいき》をつくのは一度だけにして、私は早速キッチンに立つ。

まずは鍋を、傷がつかないよう丁寧に洗った。水気を十分に拭《ふ》き取ってから調理を始める。

本日のメニューはスキー部でもよく作ったポトフだ。ちょうど春野菜が美味《おい》しい時季だし、たっぷり野菜を食べるには煮込み料理が一番いい。まだまだ寒いので、せっかくだからストーブを使った調理も試してみたかった。

材料は新ジャガイモ、新玉ネギ、ニンジン、春キャベツ、それと合いびき肉と卵――安かったからキャベツをまるまる一玉買ってしまったので、奮発してロールキャベツも入れてしまうことにする。絶対の美味しさが約束された黄金メニューだ。

会社帰り、鍋を抱えつつもスーパーに立ち寄っておいたので、具材は全て揃っている。まずは野菜の下拵《したごしら》えからだ。ジャガイモは初めて見る品種の『インカのめざめ』を買ってみた。ピーラーで薄めの皮を剝《む》くと、栗みたいに黄色くて見るからに甘そうだ。玉ネギは皮を剝いて半分はくし切りに、もう半分はみじん切りにする。ニンジンは乱切りにしておいた。

キャベツは破かないように一枚一枚優しく剝《は》がし、硬い芯《しん》の部分はピーラーで薄く削《そ》いでから下茹《したゆ》でをする。その間に合いびき肉と卵とみじん切りの玉ネギをよく混ぜて、塩コショウしておいた。これをタネとして茹《ゆ》で上がったキャベツで巻いていく。元々丸かったキャベツには茹でた後も丸い癖が残っているから、その癖に逆らわないようにタネを包むのがコツだ。

下拵えが終わったら、いよいよ鍋《なべ》の出番だ。ロールキャベツ、ジャガイモ、玉ネギ、ニンジン、そして削いだキャベツの芯の部分まで並べて、静かに水を注ぐ。最初はガス台で火に掛けて、ふつふつ言い出したらコンソメを入れた後、点火しておいたストーブの上に移した。忠海さんの言う通り、中身が詰まるといくらか重くなったけど、持ち運びに苦労するほどじゃない。零《こぼ》さないように慎重に運んで載せる。

ストーブは微《かす》かに灯油の匂いを漂わせながら火を灯《とも》していた。揺らめく炎が覗《のぞ》けるこのタイプのストーブは私の実家にもあったから、この明々とした光も暖かさも、なんだか無性に懐かしくなる。ストーブがあるところも、その代わりエアコンがないところも、この部屋は実家とよく似ていた。ただ、さすがに五月にストーブを焚《た》いたのは生まれて初めてだ。

シリコン鍋はストーブの上でもくつくつと小気味よい音を立てている。何度かガラス蓋《ぶた》越しに覗いたり、蓋を開けて直接確かめたりしてみたら、ちゃんと煮えているようなので一安心だ。この隙にお風呂《ふろ》を済ませてしまうことにした。

のんびり入浴を終えた後、改めてストーブの前へ舞い戻り鍋を確かめる。ジャガイモやニンジンは竹串《たけぐし》が通るほどよく煮えていたし、玉ネギは透き通っている。そしてロールキャベツから滲《にじ》み出た金色の脂が、スープの水面にきらきらたゆたっていた。

「美味しそう！」

私はわくわくしながら食卓を整えた。ローテーブルに鍋敷きを置き、その上にストーブ用鍋を載せた。炊いておいたご飯をお茶碗《ちゃわん》に盛り、スープ皿にポトフの具を均等に盛りつけたら、ちょっと遅くなってしまったけど本日のディナーの完成だ。

「いただきまーす」

一人きりなのに手を合わせて挨拶をしてしまうのは、大学のスキー部時代についてしまった癖だった。部ではみんなで食事を囲んでわいわい食べる機会が多かった。厳しいトレーニングの合間にほっと一息つける憩いの時間だったから、誰もが笑顔で過ごしていたのを覚えている。私だってそうだ。

ロールキャベツはそんなスキー部でマネージャーをしていた頃に会得したメニューだった。なんといってもロールキャベツは冷凍保存できるのがいい。お鍋一杯作っておいて余った分を凍らせておくと、いざという時は解凍するだけでちょうどいいご飯のおかずになるし、温かいスープなら大体どんな味でも合うから非常に助かる存在だった。今夜も明日のお弁当の分、そして保存する分を先に確保して粗熱を取っておくことにする。

出来たてほやほやを早速いただく。箸《はし》がすっと通るほど柔らかいロールキャベツを、ふうふう息を吹きかけてから口に運んだ。

「……うん！　いい出来！」

私しか食べられないのが申し訳ないくらいに美味しい。春キャベツはくたくたに柔らかく、その中に包まれたひき肉にはスープが染み込んで、口の中でじゅわっと広がるのがいい。ほろほろのひき肉には下味のコショウも利いていて、白いご飯とも相性がよかった。

ポトフの他の具もしっかり火が通っているようだ。ニンジンも玉ネギも本当に柔らかく、スープが馴染《なじ》んでいい味になっていたし、何よりもジャガイモ、『インカのめざめ』は煮崩れもなく仕上がっていて、その味は今まで食べたジャガイモの中でもひときわ甘く、しかも舌触りがなめらかで美味しかった。さすがは北海道のイモだ。これも取っておいて、チーズ焼きにしてお弁当に入れようかな。

灯油ストーブはちりちりと微かな音を立てながら部屋を暖め、ポトフはお腹の中から私を温めてくれた。幸せな気持ちで食べ終えて、ふと鍋に目を留める。

すっかり堪能《たんのう》してしまった後で、まだこれの報告が残っているのを忘れていた。鍋としての性能は今のところ申し分なかったし、ストーブの上でじっくり加熱しても吹きこぼれは一切なかった。火の通りは理想的だったし、ストーブ用鍋としては素晴らしい仕上がりだったと思う。

正直何も問題はなかった。忠海さんにはそう答えてしまってもいい気がする。

シリコン鍋でもストーブの上で問題なく調理ができたし美味しかったです。やはりストーブを使うことで熱伝導率が気にならないのはいいことだと思います。カラーリングについては、きれいで美味しそうな色なので私は好きです。

──最後のは、ちょっとまずいかな。

好みで答えるのはこの場合よくない。私も女性だから、忠海さんの言う『男性には手に取りにくい』に対する反論にはならない。しかしそうなると私には意見を述べることができなくなってしまう。どうしたものだろう。

考えがまとまらないので、とりあえず食器を洗ってしまうことにする。

シンクに使い終わった食器や調理器具を運び、スポンジで洗い始めて、ふと気づいた。

うちのキッチンには当然ながらシェフ工房の調理器具ばかりが揃っている。そしてそれらはシリコンやプラスチックを使ったものが多いから、どれも彩鮮やかだ。例えばトング式ピーラーは持ち手がサーモンピンクだし、後付けサラダスピナーは瑞々《みずみず》しい葉物野菜を思わせるイエローグリーンだ。スピナーに使えるザルはビタミンカラーの色違いがいくつかあるし、かしわもちトングはその名の通り青々としたグリーンだし――シェフ工房の商品はどれもこれもカラフルで色彩に富んでいる。しかも、食べ物を思わせるような美味しそうなカラーリングばかりだ。

ストーブ用鍋もまた、そこに溶け込むようなパステルオレンジ色をしている。洗い終えてまたぴかぴかになった鍋を、私はもうしばらく黙って眺めた。

明日《あした》、忠海さんと話をしてみよう。そう思った。

次の日の朝、私はストーブ用鍋を抱えて出勤した。

ひとまずロッカールームにしまって企画開発室へ向かうと、なぜか沈んだ空気に出迎えられた。

「おはようございま……す？」

私は挨拶《あいさつ》の言葉を戸惑いながら口にして、オフィス内を見回す。

そこには自分の席に座り込んで肩を落とす出町さんがいて、その肩を叩《たた》きながら何事か言葉を掛けている深原室長がいて、気まずそうに室内をうろうろしていた五味さんが、私に気づいていたたまれない顔をする。

「おはよう、新津さん。ええと……」

その時点でなんとなく察した。

五味さんは私の顔を直視せずに明かしてくる。

「ごめん。出町さんに知られた」

やっぱり、そういうことみたいだ。

沈鬱《ちんうつ》な空気をまとう出町さんが、そこでか細い声を立てた。

「昨日、新津さんがずいぶん慌ててたみたいだから、なしたのかなって茨戸くんに聞いたんだわ。したら『試作品の鍋を持って帰るみたいですよ』って……でも私、そのこと聞かされてなかったから……」

「それで俺が出町さんに口止めしておくべきだったかもしれない。茨戸さんに『どういうこと』って尋ねられて、まあ、いい嘘つけなくて」

五味さんがそう続けると、出町さんが項垂《うなだ》れた。

「ごめんね。新津さんにも五味くんにも気を遣わせちゃって」

「いえ、私の方こそ余計なことをしてすみません」

私は首を横に振る。そもそも小手先の小細工でごまかそうとしたこと自体がまずかったのだし、それでいて詰めが甘かったのも私の責任だ。出町さんに謝ってもらうような話でも、五味さんに責任を感じさせる話でもない。

「忠海さんはうちの企画書、気に入らなかったってことなのかな」

深原室長が唇を尖《とが》らせたので、私は昨日のやり取りをかいつまんで伝えた。ついでにロッカールームに隠していたストーブ用鍋《なべ》も持ってきて見せる。

「なるほどね、クレームつけにいらしたわけだ」

納得したのかしていないのか、深原室長は鍋を矯《た》めつ眇《すが》めつして溜息《ためいき》をついた。

出町さんはその様子を悲しそうに眺めている。

「パステルオレンジも、そんな変な色じゃないと思うけどなあ……」

「誰もが手に取りやすいデザインを、というご意見も一理あるとは思います。ですがシェフ工房の製品はこれでいいんだ、とも思うんです」

その途端、出町さんが弾《はじ》かれたように面を上げ、深原室長も五味さんも、一斉に私に目を向ける。

「これでいい、って?」

出町さんが尋ねてきたから、私は素直に答えた。

「シェフ工房の既存の製品ってどれもカラフルですよね。私はそれを、シェフ工房らしさだと思うんです。変にカラーリングを変更したら、これまでに発売された製品の中には溶け込めないのではないでしょうか」

「確かに、うちらしさはないよな」

五味さんがうんうんと頷《うなず》く。

ぱっと見て、シェフ工房の製品だとわかるのも魅力の内だ。

私がこれまでに集めてきたシェフ工房の製品には『らしさ』があった。カラフルな色合い、はっきりと記されたシェフ工房のロゴ、そしてその横に並ぶタヌールくんの顔——スキー部の他の部員がキッチンを覗《のぞ》いて、『またシェフ工房のグッズ買ったの?』なんて笑いながら聞いてくるくらいにはわかりやすい品ばかりだ。それでいいのだと私は思う。

「そう思ってもらえてよかった……」

か細い声で、出町さんがそう呟《つぶや》いた。

椅子の上で膝《ひざ》を抱え、背中を丸める姿がまるで小さな子供みたいに見える。

「私も忠海さんの言いたいことはちょっとわかるんだわ……製造部の人たちはどうせ作るなら長く大切にしてもらえるものを作りたいだろうし、安っぽいのは嫌だよね。でもさ、私はどうしてもシリコンでストーブ用鍋を作りたい理由があって」

「理由って、どんなことですか？」

私が尋ねると、出町さんはおずおずと面を上げた。自信なさそうな、弱々しい笑みがその唇に浮かんでいる。

「うち、祖母と二人暮らしだから。製品企画の参考にしてるのって自分と、祖母の意見くらいで。その祖母がやっぱり年取ってきて、『お鍋が重い』とか『菜箸《さいばし》使いづらい』とか言うから、そういう人にも使いやすいもの作ろうって考えてきたっけさ。お料理面倒な時も、カラーリングがきれいなら気分上がるかななんて思ったり……したから私も、偏ってるところはあるのかもしれない」

「むしろ、それこそが大事なことだと思います」

私も口を開いた。

「だって、『誰でもシェフの腕前に』がシェフ工房のコンセプトでしょう」

「う、うん。そうだけど……」

「実は私も腕を怪我したことがあるんです。その後に出会った、シェフ工房の調理器具の使いやすさには本当にお世話になりました。『誰でも』の言葉に嘘はないって思いましたよ」

怪我は大学時代のことで、結局それが原因でスキーをやめざるを得なかった。その後、時々ぶり返す痛みを抱えながらマネージャー業をこなすのはしんどかった。だけどシェフ工房の調理器具は怪我が治りかけの私にも優しく、お蔭《かげ》でずいぶん楽になった記憶がある。

だから、出町さんの目指すものは何も間違っていない。

「私、忠海さんに話してきます。試作品には何一つ問題がなかったと」

胸の決意を告げると、出町さんは急に慌てふためいた。

「に、新津さんが？　やめなよ、怖いっしょあの人……」

「確かに威圧感をお持ちの方でしたが、私も度胸はある方ですから大丈夫です」

私が胸を張って応じれば、今度は五味さんが取りなしてくる。

「じゃあ俺が行くよ。こういうことは慣れてる人間の方が——」

「いえ、私の方が適任です。多少生意気なことを申し上げても、新人らしい若気の至りと見逃してもらえるかもしれませんし」

見逃してもらえないかもしれないけど、まあその時はその時だ。

出町さんと五味さんがそれぞれ黙ったので、私は鍋を受け取り宣言した。

「では、行ってきます」

「今から⁉」

「始業前の不意を突きましょう。話が長引かないように」

不安げな眼差し《まなざ》しに見送られつつ、意気揚々と企画開発室を出る。そしていざ向かおうとして——重大なことに気づいてしまった。

「……あの、製造部って何階にありますか？」

勇ましく出て行っておきながら五秒で戻ってきた私を、深原室長だけが笑ってくれた。

結局、製造部には出町さんと五味さんと、三人で行くことになった。

「うう……忠海さん、なんて言うかなあ……」

三人で廊下を歩きながら、出町さんは絞り出すような声を上げている。心なしか足取りも重い。

それを五味さんが振り返り、苦笑いを浮かべる。

「出町さんは戻ってもいいんですよ？　俺と新津さんで行きますから」

「そんな！　後輩たちにばかり苦労掛けるわけにはいかないっしょや」

青ざめた顔にきりりとした表情を見せる出町さんを見て、私も覚悟を決めていた。思っていることは全部正直にぶつけよう。

製造部はシェフ工房の一階、社屋から渡り廊下を渡った先にある。併設されている工場が製造部のホームグラウンドなので、オフィスも工場の入り口に設けられているからだ。工場部分は天井の高い平屋建てで、渡り廊下のガラス窓からは中が見学できるようになっている。プラスチックの成形機がまるでスーパーのレジみたいにずらりと並んでおり、その奥には自動組立機もあるのが見えた。始業前とあって、工場内はちらほら人影があるもののまだ静かだ。

「失礼します」

私たちが立ち入ると、製造部オフィス内にいた数人が一斉に振り返る。そのうち忠海さんはデスクの前でノートパソコンを叩《たた》いていた。こちらに気づいて眉根《まゆね》を寄せる。

「おはようございます。皆さんお揃いで、どうしました？」

「あ、お、おはようございます……」

出町さんの声はもはや掻《か》き消えそうだ。そのせいか忠海さんは、なぜ連れてきたのかと言わんばかりに私と五味さんを見やる。

始業前の貴重な時間に長居をするのも悪い。私は単刀直入に、ストーブ用鍋《なべ》を取り出した。

「昨日お預かりした試作品、早速試して参りました。企画書通り吹きこぼれはせず、またストーブでの調理ということで懸念されていた熱伝導率や保温性も気になりません。煮込み料理にぴったりでした」

率直に感想を述べると、忠海さんは特に感慨もない様子で顎《あご》を引く。

「そうでしょうね。その点は私も異存ありません」

製造部に居合わせた他の社員が、微《かす》かに笑った声が聞こえた。昨日はあんなことを言っておいて、忠海さんもストーブ用鍋の設計自体に不満はないらしい。

「デザインに関しても、私はこのままでいいと思います」

そう続けると、忠海さんは軽く目を瞠《みは》る。

「なぜです？　新人さんのご意見、伺いましょうか」

「私の家のキッチンには、我が社の調理器具がたくさんあるんです。その中にこの鍋を置くと、まるで元からそこにあったように自然に溶け込んだんです」

「溶け込みますか？　こんな可愛すぎるカラーリングで」

忠海さんは自信たっぷりに応じたけど、私はすぐに反論した。

「これまでのシェフ工房は、食欲をそそる美味《おい》しそうなカラーリングの製品ばかりでした。我が社のことをよくご存じでない方にも、ぱっと見で同じ会社の製品だとわかるようにできていたんです」

「それが、私は微妙だと思っているのですが」

「そんなことありません。これまでのカラーリングにない色だとしたらお客様に『シェフ工房の製品ではない』と思われる恐れすらあるでしょう。それはこれまで培ってきたシェフ工房らしさが失われることにもなりかねません。私はそれは機会の重大な損失と考えます」

まくし立てた私を、忠海さんは困惑した様子で見返してくる。

「カラーを改良したら顧客が離れるかもしれない。新人さんはそう思うんですか？」

「はい」

「男性でも手に取りやすいカラーに踏み切るのもいいと思いません？」

「私は、男性がパステルオレンジを手に取ったって変じゃないし、笑ったりもしません。でも将来的には、そういうラインを設けるのもいいとは思います。それなら調理器具数点をまとめて売り出す方がいいですよ。お鍋だけ買ってスタイリッシュさに満足するお客様はそう多くないですから」

誰かが息をつくのが、今度ははっきりと聞こえた。

忠海さんはまだ納得がいかない様子だ。むっつりとした顔で私を見上げ、もう一つ尋ねてくる。

「シリコンという素材自体はどうでした？　調理に問題はないとのことでしたが、しかし別の素材、例えば鋼板ならもっと熱伝導率も高くなりますし、鋳物なら保温性も更に上げられます。それでもシリコンがいいと思える、説得力のある材料はありましたか？」

「お鍋自体はとても軽くできていたと思います」

受け取った茨戸さんが驚いていたくらいだ。それは間違いない。

「調理の工程で具材を入れ、スープを注いでもそこまで重くはありませんでした。キッチンとストーブを行き来するストーブ調理では意味のあることだと思います。それに私は過去に怪我をしたことがあるので、調理器具は軽い方がいいってよくわかるんです。このストーブ用鍋も、きっと需要がありますよ」

目を逸《そ》らさずに訴えかけると、突き刺すような眼差しの忠海さんが、やがて根負けしたように顔を背けた。

代わりに私の肩越しに視線を投げ、尋ねる。

「おたくの新人さんは、はっきりものを言う人ですね」

「ええ、新津さんです」

五味さんがそれに応じ、

「う、うちの自慢の新人なんです」

出町さんが震える声で続けてくれた。

先輩方のお言葉にちょっと嬉《うれ》しくなった私の前で、忠海さんはデスクの一番大きな引き出しを開け、何かを取り出し持ってくる。

それはシリコン製のストーブ用鍋だった。

色は、渋い艶《つや》消しのブラックだ。

「それ……」

出町さんが発しかけた声を、忠海さんの淡々とした声が遮る。

「一応、こちらも試作品を作ってみたんです。企画書案の色合いがいかに可愛らしすぎるか、比較用にですね。ほら、並べてみても絶対黒い方がいい」

二台のストーブ用鍋がデスクの上に、肩を並べるようにして置かれていた。スタイリッシュな黒い鍋の隣で、パステルオレンジの鍋も同じくじっとしている。ただ黒い鍋の方はその色味のせいで、シェフ工房のロゴとタヌールくんのモチーフが見えにくくなっていた。もしかするとそれもわざとなのかもしれない。

「私はロゴやタヌールくんの顔がはっきり見える方がいいと思います」

「それはあなたの主観でしょう」

「そうですけど、私はここに入社する前はシェフ工房の顧客であり、大ファンだったんです。このロゴとタヌールくんの顔も、うちの製品には欠かせないものだと思ってます」

生意気かなと自覚しつつ、反論せずにはいられなかった。

忠海さんはそこで、再び私の肩越しに先輩方を見やる。

「とんでもない新人さんが来ましたね」

「ええ、お蔭様《かげさま》で」

五味さんが頷《うなず》く。

「製造部にとっては、厄介な存在になりそうです」

忠海さんはパステルオレンジの方の鍋を私に手渡し、言った。

「今回は開発の皆さんのご意向に従います。しかしながら、私の考えも多少は頭に留めておいてもらえると幸いです。誰もが手に取りやすいデザインも、顧客を増やすために必要なことだと」

気忙《きぜわ》しかった朝はあっという間に過ぎ、平和な昼休みがやってきた。

私は今日も五味さんと二人で社員食堂に来ている。深原室長はまたしてもミーティングで席を外していたし、出町さんは今日も防音ブースにこもっていた。

「今度の新製品はユニバーサルデザインも意識してみる！」

そう言ってブースに飛び込む出町さんは、いつになく張り切った様子に見えた。てっきり忠海さんに言われたことで落ち込んでしまっているんじゃないかと思っていたから、ひとまず安心する。

「なんか思うところあったんだろうね、出町さんも」

一緒に食堂のテーブルを囲む五味さんが、なんとも言えない表情で言った。

「思うところ、ですか？」

「ああ。後輩にあれだけ言わせておいて、自分がぼんやりしてちゃ駄目だって思ったんじゃないかな」

そこで五味さんは短く溜息《ためいき》をつく。出町さんとは対照的に、元気がないようにも見えた。

「俺だってそうだよ。ちょっとは頑張らないと……」

ぼやくように呟《つぶや》きながら開けたランチボックスには、今日もブロッコリーと鶏肉が詰まっている。きれいな緑色に蒸し上がったブロッコリーをフォークに刺し、口に運ぶ顔つきは浮かない様子だ。いつもならドレッシングなしでもすごく美味しそうに食べるのに。

私もお弁当箱を開け、昨夜作ったロールキャベツを食べ始めながら、ふと気になっていたことを思い出す。

「そういえば、五味さん」

「ん？　何？」

「五味さんはタヌールくんのノートに、なんてタイトルをつけたんですか？」

以前答えをはぐらかしていたその名前を、改めて尋ねてみた。

シェフ工房の新入社員が、入社してすぐに貰《もら》う一冊のノートだ。私だけではなく、茨戸さんも五味さんも出町さんも貰っているし、忠海さんや深原室長もそうだったのかもしれない。みんながそのノートにタイトルをつけるわけではないようだけど、新人時代の五味さんはどうだったのだろう。

私の質問に、五味さんはなぜか力なく笑った。

「忘れたっていうの、嘘だってバレたか」

「あ、そうなんですか？　じゃあ……」

「一年目は普通につけてたよ。『ひらめきノート』って」

出町さんが聞いた時とは違い、すんなりと答えてもらって逆に驚く。

「いい名前だと思います」

「そうかな。安直じゃない？」

「私だって『欲しいものノート』ですよ。ストレートな名前でいいじゃないですか」

「けど、『エジソンノート』には敵《かな》わないよな？」

五味さんが口にしたのは、やはりというかなんというか、出町さんのノートの名だ。

どこか懐かしむみたいに、五味さんが私を見る。

「俺もさ、入社直後は新津さんみたいなところがあったんだよ。やる気に満ち溢《あふ》れてきらきらしてた。今じゃすっかりくすんで、クレーム窓口担当なんて名乗ってるけど」

「くすんでなんかないですよ」

「正直ふてくされてたところもあったんだ。企画開発会議でも俺のアイディアは滅多に通らないし、出町さんはあの通り発想の天才だ。大先輩がばんばん企画通すのを目の当たりにしたら、俺のすることとなんて何もないって思っちゃうよ」

それはもしかすると私の未来でもあるのかもしれない。出町さんは間違いなく企画開発室の――シェフ工房のエジソンであり、私が思いつかないような発想を形にしていく人だ。今でこそ私はファンとして出町さんを尊敬しているけど、この先、企画開発室の一員として働いていく上で、彼女と自分自身を比べて落ち込んでしまう日が来ないとも限らない。

その時、私はどうするだろう。苦笑する五味さんを見つめ返しながら、考える。

五味さんはといえば、私の視線を受けて居心地悪そうな顔になった。

「でも、新津さんがあれだけ言ってくれたのに、俺がふてくされ続けてるのもよくないな」

私としては、今更になって新人の分際であんな真似してよかったのだろうか、などと内心はらはらしていたところだった。でも私の振る舞いを、どうやら五味さんも出町さんも肯定的に見てくれているようだから、ひとまずはよかったとしておく。

そしてせっかくだから、五味さんのノートに書かれているアイディアも聞いてみたい。

「じゃあ、新製品のアイディアありますか？」

そう水を向けてみると、ぱっと表情を明るくして五味さんは言った。

「実はちょっと考えてたんだ。俺いつもシリコンスチーマー使ってるんだけど、一品しか作れないのが不便でさ。例えばいっぺんに二品作れるようなスチーマーないかなって思ってたんだ」

「いいじゃないですか！　上段と下段でそれぞれ食材が置けるように、二段式にするとかですね」

「だったら上段はザルっぽいのかな。密封はできないもんな」

五味さんと私はお弁当を食べながら、二段スチーマーのアイディアを出し合い、大いに盛り上がった。ノートに書くよう勧めたら、五味さんは自らの『ひらめきノート』を開いていた。

「去年は結局使いきれなくてさ。でもこれからはがんがん使ってくぞ」

ペンを走らせる五味さんは、わくわくしているみたいに声を弾ませている。

そのノートに新しい企画案が書き込まれていくのを、私も楽しい気分で眺めた。

とうきびピーラーで手作りおやき

円城寺から電話が掛かってきたのは、六月も下旬に入った日のことだった。

お昼前に出かける予定だった私が自室で服を選んでいると、なんの前触れもなくスマホが鳴った。彼女とは札幌に来てからも何度かメッセージをやり取りしていたけど、通話をするのは初めてだ。だからというわけではないけど、驚きつつ電話に出た。

「もしもし？　どうしたの、円城寺」

『いや、ちょっと新津の声が聞きたくなって』

大学の卒業式後に開かれた、スキー部の追い出しコンパ以来かもしれない。卒業後はお互い札幌行きの準備が忙しくて、顔を合わせる暇もなかった。追いコンの日、向こうでいくらでも会えるじゃんね、なんて笑っていた円城寺の顔を今でも覚えている。

「何それ。なんかあったの？」

『なんにもないけど。今、電話してて大丈夫？』

「大丈夫だよ」

家を出るのはもう一時間ほど先だ。スマホを持ったままベッドに座る。

『新津の声、全然変わってないね。安心しちゃった』

そう話す円城寺の声も、数ヶ月前と何一つ変わっていない。急に大人っぽくなることもなければ、社会人らしいかしこまった印象もなかった。きっと向こうも同じように思っているだろう。

「実際、なんにも変わってないからね。長野にいた頃のまんま」

『仕事はどう？　憧《あこが》れのシェフ工房に入社して』

円城寺がうちの会社の名前を口にする時、ちょっとだけ冷やかすようなトーンになった。私のシェフ工房大好きぶりをもっともよく知っているのは彼女だ。お蔭《かげ》でこっちもくすぐったい気分になる。

「うーん……まだ慣れた気はしないかな。あれこれ覚えるので精一杯だよ」

『もう何か商品作ったりしたの？』

「全然。ただ作りたいとは思ってるし、今は企画書の書き方をみっちり教わってるとこ」

アイディアはあった。『欲しいものノート』に書いた、力の要らない泡立て器を作ってみたいと思っている。ちょうど五味さんも例の二段スチーマーの企画書を書いているところで、書き方を私にも丁寧に教えてくれた。いかに忠海さんから突っ込みを入れられないようにするか、希望通りの仕様を守り抜くかのノウハウを——もっとも五味さんもその術《すべ》を完璧《かんぺき》に会得しているわけではないそうなので、最終的には忠海さんの機嫌を損ねずに済ませることがポイントになりそうだ。難しい。

振り返れば入社して二ヶ月半が過ぎ、既にいろんな出来事が起きていた。楽しいこともあったけどトラブルもあったし、現在進行形でぶつかっている壁もある。ただそういう話を、ともすれば愚痴になりかねないことを円城寺に打ち明けるのはやめようと思っていた。

環境が変わり、新天地で仕事をしているのは彼女だって同じだからだ。

『へえ！　すごいじゃん、新津の作ったものがお店に並ぶかもしれないわけだ』

円城寺は期待もあらわに声を上げる。

『そうなったら教えてよ、買うから』

「いや円城寺にはあげるよ。試作品貰《もら》えると思うし」

『嬉《うれ》しいけど、それだと新津の儲《もう》けにならないでしょ？』

「売れたって私の儲けにはならないよ！」

私が思わず噴き出したからか、電話の向こうでもけたけたと笑うのが聞こえてきた。元気そうでよかった。

笑い声が落ち着いたところで、今度は私から切り出した。

「円城寺こそどうなの？　新生活」

『んー……まあ、慣れてきたかな？』

「練習とか、やっぱり部活とは全然違う？」

『内容は似てるけどめちゃくちゃ濃厚って感じ。早速プロの洗礼受けてるよ』

円城寺はこの四月からスキーのプロチームに所属している。うちのスキー部からプロになったのは彼女だけで、もちろん非常に栄誉あることだし、そんじょそこらの実力でなれるものでもない。大学四年間で好成績を収め続けてきた彼女だからこそなれたのだ。

今はこの札幌に拠点を置き、冬季シーズンに向け筋力トレーニングの真っ最中とのことだった。

『来月、夏山トレーニングするって。円山ってあるじゃん？　あそこ登るの』

「あ、四月に行ったよ。山じゃなくて公園だけど、新歓でジンギスカン食べた」

『そっちも新歓ジンギスカンだったの？　うちもだよ！』

また円城寺は声を立てて笑い、私も思わずにやりとする。噂通り、北海道式の新人歓迎会はジンギスカンを食べるもののようだ。

『とりあえずさ、落ち着いたら一回会おうよ。新津の手料理も食べたいし』

「手伝ってくれるならいいよ。けど、円城寺はしばらく忙しいんじゃないの？」

プロなんだし。

という棘《とげ》になりそうな言葉をすんでのところで飲み込むと、電話越しに憂鬱《ゆううつ》そうな溜息《ためいき》が零《こぼ》れた。

『まあね……でも時間できたら絶対連絡するから』

「待ってるよ。無理はしないでね」

『新津のためなら無理しちゃうかも！』

「あのねえ、円城寺」

私が呆《あき》れる気配を察知したからか、彼女は笑いながら電話を切った。

たちまち部屋が静かになる。

スマホを置き、座っていたベッドに倒れ込む。なんだか変に疲れていた。

円城寺のことは好きだ。一緒にいて楽しいし、一番の友達だと思っている。

だけど彼女がプロになると決まった時、祝福する気持ちの裏で『羨《うらや》ましい』と思わなかったわけではなかった。

「いや、勝手な話だけどね……」

怪我でスキーをやめた私が、もしも怪我をせず競技を続行していたとしても、円城寺のようになれていたかどうかはわからない。彼女はそれだけ、四年間ずっと優秀だった。羨ましがるなんておこがましい話だし、今の私はシェフ工房の社員、もうスキーに未練なんてないのだ。

それでも円城寺が忙しそうにしていて、しばらくは会えないと言った時、寂しさの一方でほっとしていたのも事実だった。

「そういうの、人間的にどうかと思います」

自分自身を非難の言葉で戒めて、それからスマホで時刻を確かめる。

午前十時を過ぎていた。茨戸さんとの約束は十一時、十時半には家を出なくてはいけないから、そろそろ着替えないと。

急斜面の滑降ばりに気合を入れて、私はベッドから起き上がった。


地下鉄南北線をすすきの駅で降りたのは今日が初めてだ。

駅構内を抜けて二番出口から地上へ出ると、すぐ目の前にウイスキーメーカーの看板が見えた。立派な髭《ひげ》をたくわえ、右手にグラス、左手に麦の穂を持ったおじさんだ。

私もこの看板は札幌に来る前から知っていて、札幌といえばここか、クラーク博士像か、大倉山《おおくらやま》のジャンプ台というイメージがある。

時刻は午前十一時少し前で、初夏の陽射しがすすきの交差点にも燦々《さんさん》と降り注いでいた。そのせいでLED製のおじさんの看板がどれほど光っているのかはわからない。次は日が落ちてから来てみたいものだ。きっときれいなことだろう。

六月も下旬に入り、日中の気温はじりじりと上がりつつある。天気予報によれば今日の予想最高気温は二十六度とのことだ。通りを歩く人たちも半袖《はんそで》を着ている人が圧倒的多数だし、たった今、地下鉄の駅から飛び出してきた茨戸さんも半袖のシャツを着ている。

「ごめん、新津さん！　待った？」

一生懸命走ってきてくれた茨戸さんは、珍しく慌てた様子だった。

「いえ、今来たところです」

正直に私は答えたけど、気を遣ったと思われたのかもしれない。たちまち申し訳なさそうにする。

「俺が先に来てなくちゃいけなかったのに……道に迷ったりしなかった？」

「むしろわかりやすかったので、大丈夫でした」

初めて来るすすきのだったから、道に迷ってもいいように早めに家を出ていた。もっとも待ち合わせ場所の看板が、こんなにも駅を出てすぐのところにあるとは予想外だ。

「なら、よかったけど」

そう言って、茨戸さんは気まずそうに乱れた髪を直す。うねるパーマの前髪が、汗で額に張りついていた。

札幌に来てから二ヶ月半、職場にはまあまあ慣れたといっていい頃合いだったけど、一方で自宅と勤務先、時々近所のスーパーの行き来しかしていない毎日には危機感を覚え始めていた。せっかく札幌という都会にやって来たというのに、足を運んだのがシェフ工房の他は新歓で行った円山公園くらいではあまりにももったいない。もっとあちこち出かけてみたいし美味《おい》しいお店も開拓したい、そう思って茨戸さんにお願いしたのだ。

今日はずっと食べてみたかった札幌名物、スープカレーの美味しいお店に案内してもらう予定だった。行き先は狸小路《たぬきこうじ》方面、アーケードのある商店街の手前、路面電車が走る道路沿いのお店だ。ビルの地下一階にある店内は窓がないせいかバーのような趣もあり、でもカレーの香りは確かに、はっきりと漂っていた。壁に面したカウンター席に通されたので、茨戸さんと並んで座り、とりあえず注文を済ませる。

「すぐ座れてラッキーだったな。ここ、混む時はすごく混むから」

胸を撫《な》で下ろす茨戸さんの、私服姿を見たのは今日が初めてだった。普段はスーツだから、黒いシャツにチノパンというシンプルな着こなしも新鮮に映る。休日は前髪を下ろしているようで、それが大人びた顔にもよく似合っていた。

私もカレーを食べるということで、ネイビーのTシャツにカーゴパンツのカジュアル一辺倒でやってきた。スープカレーというくらいだから、万が一の撥《は》ねには重々警戒しておかねばなるまい。

「新津さん、スープカレーは食べたことある？」

「一度だけあります。合宿で札幌に来た時、ホテルの朝食ビュッフェにあったので。美味しかったですね」

専門店で食べたわけではないので数に数えていいのかわからないけど、朝から食べるスープカレーはさらりと美味しかった。朝食ビュッフェは食べたいものを好きなだけ選んで食べられるのが楽しい。

もっとも、茨戸さんは違うところに引っ掛かりを覚えたようだ。

「合宿？　そういえばスキー部だったたって言ってたよな」

「はい。札幌には二回来ました、一年の時と三年の時に」

それで茨戸さんは想像を巡らせるみたいに目を伏せた後、愉快そうに言った。

「もしかしたらその時、どこかですれ違ってたかもな」

「ですね。大通《おおどおり》駅のビジホに泊まったので、結構いろんな人と行き交いましたし」

同意したものの、大学三年の訪問では私は既にマネージャーだった。合宿中は部員のマッサージやら洗濯やらで慌ただしくて、札幌を観光して回る時間的余裕はなかった。シェフ工房の誰かとすれ違う機会があったとしても、顔を覚えておくことはできなかっただろう。覚えているのは雪質のよさ、パウダースノーの目が痛くなるような白さと寒さばかりだ。

だからこそ、札幌市民となった今こそこの土地を満喫したい。

程なくして運ばれてきたスープカレーを、二人で手を合わせて食べ始める。

「いただきまーす」

私は茨戸さんのお勧めに従い、チキンと野菜のカレーを選んだ。スープカレーというのは大きめの具がごろごろしているのが定番のようで、このお店でもナスやピーマン、カボチャ、ニンジンといった野菜が拳大《こぶし》くらいのサイズでそのままスープに漬かっている。骨付きの鶏肉もごろりと入っていて、具だけでも食べごたえは十分そうだ。ご飯はスープと別々の器に盛られており、種類が選べたので十五穀米にしている。

スープ自体は和風の、昆布ダシの利いたあっさりめだ。それでいて後から追いかけてくるようなスパイシーさと薫り高さが、カレーであることを明確に伝えてくる。舌にひりっとするようなスープの辛味に、柔らかく火の通った野菜やもちもちの十五穀米の甘みがよく合って、とても美味しく感じられた。

「美味しい。スープカレーって本当にスープなんですね」

前にビュッフェでいただいたものもそうだったけど、単にサラサラのカレーというのではなく、かなりスープのダシが感じられる味つけになっている。ここのお店は和風ダシだから、スープ感が一層強い。

「ここは特にそうだな。スープカレーと言っても、味つけは店によってまちまちだ」

茨戸さんは私が知りたがっていると見るや、丁寧に教えてくれた。

「歴史が浅いからというのもあるだろうけど、もっと直球でカレーらしい店もあるし、具材で独自色を出している店もある。いろいろ食べ比べてみると楽しいよ」

「確かに、たくさんお店ありますもんね。他も行ってみたいです」

スープカレーの店を自力で検索しようとしても、ちょっと目移りするくらいにたくさんの店舗が札幌市内にはあった。だから歴史が浅いというのは意外だ。

私の言葉に、茨戸さんは快く応じてくれた。

「声を掛けてくれたら、いつでも連れていくよ」

「ありがとうございます。是非お願いします」

そうして二人で肩を並べてスープカレーを味わいながら、私はシェフ工房の製品について茨戸さんに話す。売れ筋の定番製品から現在開発中の新製品まで、茨戸さんは時々ノートに書き留めながら聞き入っていた。

「吹きこぼれない鍋《なべ》はいいな。直火でも使えるんだろ？」

「はい。私も試してみましたが、火の通りは問題なくその上軽い、いい鍋でした」

「二段スチーマーってそんなに需要あるもの？」

「一度に二品仕上げられる時短調理はありがたいですよ。例えば麺《めん》とソースという作り方もできますし――」

私がシェフ工房の製品について語り、茨戸さんは札幌の美味しいお店を私に教えてくれる。お互いに有益な休日の過ごし方を、茨戸さんは『情報交換部』と呼ぼう、と言った。

「俺にとっては仕事に繋《つな》がる大事な活動だし、ただの遊びじゃないって意味で」

いつものように軽いノリの口調ではあったけど、ちょうど昔を思い出していた折だ。私の気分も晴れるような提案だった。

「いいですね！　大学以来の部活動、気分が上がります」

学生時代はずっと何かしらのクラブ活動をやってきた身なので、そういう名前がつくと自然とやる気になってくる。私としても早くこの土地に馴染《なじ》みたかったし、もっと好きになりたかったから、とてもありがたい申し出だった。

それにしても、茨戸さんは思っていた以上に話しやすい相手だ。初めて顔を合わせた時は正直、私とは何もかもが正反対な人だと思った。恐らく彼もそう思っているかららだろう、時々気遣ってくれたり、私の考え方を尊重したりしてくれるのがわかる。私としても、茨戸さんにはリスペクトを持って接したい。

「じゃあ部長、今後ともよろしくお願いしますね」

隣に向かって頭を下げると、提案したはずの茨戸さんは戸惑い気味に応じた。

「俺が部長？」

「こういうのは年功序列です。で、私が副部長です」

「役職しかいない部活か。新入部員が来なそう」

いつもは省エネ気味に笑う彼が、おかしそうに声を立てて笑い出した。初めて見る朗らかな笑顔に、私まで明るい気持ちになれる。

スープカレーを食べ終えた後は長居もできないので、狸小路商店街のカフェに移動して更に話をした。アーケードのある街並みは、善光寺《ぜんこうじ》傍の権堂《ごんどう》商店街を思い出させてなんだか無性に懐かしい。そしてタヌキをマスコットにしている企業に勤めている身としては、『狸小路』という名前にもシンパシーを感じた。

「最近知ったんですけど、シェフ工房には北海道らしい製品もあるんですね」

カフェオレを飲みつつ切り出すと、茨戸さんも記憶を手繰るみたいに眉《まゆ》を顰《ひそ》める。

「北海道らしい……？　そんなのあったかな」

「例えば、『とうきびピーラー』という製品です」

「ああ、あれ？　北海道では需要大きいってこと？」

茨戸さんの疑問に、私は喜び勇んで説明をする。

『とうきび』とはトウモロコシのことだ。北海道はトウモロコシの産地としても有名であり、その生産量は日本国内の半数近くを占めていた。毎年七月頃になるとスーパーの店頭にも採れたてがたくさん並び、甘くて美味《おい》しいトウモロコシが非常に安く手に入る。

「茹《ゆ》でたトウモロコシからきれいに粒を外せるピーラーなんですよね。私、それを使ってみたくて、トウモロコシのシーズンが待ち遠しくてしょうがないんですよ！」

ついつい興奮気味になってしまう私を、茨戸さんは不思議そうな目で見てきた。

「そんなに楽しみなんだ？　面白いな」

「わくわくしてます。それに北海道のトウモロコシはとても美味しいと聞きますし」

「味に関しては新津さんの期待に添えると思う。確かに夏のとうきびは美味しいよ」

茨戸さんによると、大通公園にはとうきびワゴンという焼きトウモロコシを売る屋台が出ているそうだ。屋台のトウモロコシも七月からが一番美味しく、一緒にジャガバターなども売られているらしい。

「その時季に公園の中を通るとすごくいい匂いがするんだ。醤油《しょうゆ》ダレのこんがり焦げる匂い。こちらもついつい釣られて、観光客に交じって買い食いしてしまうことがあるよ」

実感を込めて語る茨戸さんに、私も釣られてしまいそうだ。スープカレーをお腹いっぱい食べた後だというのに、焼きトウモロコシも食べたくなってきた。

「北海道は食べ物がなんでも美味しいのが魅力であり、困りどころですよね」

ぼやき半分の私がカフェオレを啜《すす》ると、そこで茨戸さんが興味深げに聞き返してくる。

「長野だって美味しいものたくさんあるだろ？」

「もちろんありますよ。信州《しんしゅう》と言えばお蕎麦《そば》とか、リンゴとか……」

さすがに北海道ほど広大ではないけど、長野だって農業や畜産は盛んだ。誇れる名物はたくさんあったし、美味しいものにも溢《あふ》れている。

「あとやっぱり、おやきですね。私大好きなんです」

「おやき？　あれって長野名物？　知らなかったな」

聞き返されたことにむしろ驚く。信州名物おやきと言えば全国的に知名度があるものだと思っていたからだ。しかし長野から遠く離れた北海道ではあまり知られていないのかもしれない。

「そうですよ。昔は山間だとお米が上手《うま》く育たないことも多くて、お米の代わりに小麦や蕎麦などを育てたりしてたんです。おやきはお米の代わりの主食として広まったものです」

私が説明しても、茨戸さんはどこか釈然としない様子だ。眠たげに目を細めながら唸《うな》っている。

「へえ……そういう発祥だったのか。意外だな」

「茨戸さんはおやき、食べたことあります？」

「それはもちろん。俺はつぶあんが好きだな」

「わかります！　甘いの美味しいですよね！」

おやきと言えば最もポピュラーなのは刻んだ野沢菜入りのものだろうし、うちの祖母がよく作るのはナス味噌《みそ》入りのおやきだ。もちろんそれらも美味しいけど、おやつの時間には甘いものが欲しい私にとってはつぶあんやカボチャなんかが好みだ。お店によってはリンゴやチーズなどもあって、これはこれで手作りとはまた違う美味しさがある。

「新津さんもつぶあん好きなのか。覚えておくよ」

そう言って、茨戸さんは自分のノートに書き留めていた。仕事用なのにいいんだろうか。

現在、企画開発室では九月の展示会に向けた新製品の開発を行っている。無事に企画が通ったストーブ用鍋の他、出町さんが考案した冬季用のキッチンマットも試作品が仕上がってきた。

「ほら撫《な》でてみて、ふかふか」

出町さんはキッチンマットを相当気に入っているようだ。試作品を私や五味さんにも撫でさせてくれて、嬉《うれ》しそうにしていた。

実際、毛足の長いマットは手触りがよく、むくむくの犬を撫でているみたいで気持ちがいい。キッチンに置くものということで燃えにくく、それでいて洗濯ができる素材を選び抜いて作ったそうだ。

「かっぱがすと滑り止めもついてるの。完璧《かんぺき》な仕上がり」

キッチンマットを裏返してみせる出町さんは大変満足げだ。話の腰を折ってはいけないと思い、私は五味さんにそっと尋ねた。

『「かっぱがす」は『ひっくり返す』って意味でいいんでしょうか」

「そうそう。『めくる』とか、そういうニュアンス」

五味さんも小声で答えてくれた後、親指を立ててみせる。

「新津さん、北海道弁を摑《つか》めてきたね」

「ありがとうございます」

最近は出町さんが使う方言の意味を察することもできるようになってきた。私がバイリンガルになる日もそう遠くないかもしれない。

一方、二段スチーマーの方は五味さんがようやく企画書をまとめた段階だった。

「蒸し器として使うと、加熱後の食材が張りつくことがあるのが悩みなんですよね。それでいて凹凸があると洗いにくいし……」

五味さんの要望は実体験に基づいていて具体的だ。調理器具としてはやはり火の通りやすさも大事だし、使い終わって洗う時、しまう時にストレスを感じるようではいけない。

「電子レンジで使うとなると、意外と熱くなりますからね。持ち手がしっかりしている方がいいと思います」

私もまた意見を出せば、出町さんが真面目に頷《うなず》く。

「そだね。あとせっかく二段になっているから、下段は深めにして煮込み料理とか作れるようにした方がいいかも」

二段スチーマーの下段は水を入れて蒸し料理を作ることも、もちろん上段のザルと合わせて二品作ることもできるようにしたい。出された意見を更に煮詰めて、私たちは企画書を書き上げた。

「これで麺《めん》とスープを一緒に温めたりできるんですね……」

五味さんは仕上がりをとても楽しみにしているようだ。私としても初めて企画段階から関わった製品だから、早く手に取ってみたいと思う。

企画開発室では新製品開発の他、既存の製品の追加発注のタイミングなども話し合う。営業一課からの情報を元に売れ筋、市場の動向を見て、製造部に発注を掛けるのも業務のうちだった。製品の売れ行きは口コミやメディアでの露出でも変動するし、普段は全く出ないのに一定の期間だけ飛ぶように売れるシーズン限定の製品もある。例えば北海道らしい製品であるとうきびピーラーは、やはり夏季によく売れる製品だ。出町さんが私に実物を見せてくれた。

「ほら、これで粒をこそげるんだよ」

企画開発室の会議テーブルの上に置かれたとうきびピーラーは、見た目は長い靴べらに似ていて、先端はステンレス、持ち手はシリコン製だ。ステンレスの刃先をそれこそ靴を履く時みたいにトウモロコシの粒の根本に差し込んで、ぐっと押し込むとぽろぽろ取れるようにできている。

「見て見て、持ち手がとうきびの柄なの」

出町さんの言う通り、シリコン製の持ち手部分はトウモロコシを模した格子模様になっている。手で握るとぽこぽこ感じるのが気持ちいい。また茹《ゆ》でた後に粒を外す場合、熱さを気にしなくていいのもこの製品のいいところだ。

「トウモロコシって茹でてから粒を取るのと、粒を取ってから茹でるの、どちらが美《お》味《い》しいんですか？」

私の問いに、深原室長も出町さんも、五味さんまでもが考え込んでしまう。

「えー、どっちなんだろう。全然気にしたことなかった……」

「うちのおばあちゃんは茹でてから粒取ってたと思うけど……」

「茹でる前に取った方が、食べる量を調節できていい気もしますけどね……」

三人の答えを総合すると、どちらでもよさそう、ということみたいだ。

「あ、でも、トウモロコシを買う時だけは気をつけて。お店で皮を剝《む》いたら駄目」

深原室長は諭すように私に言った。

「どうしてですか？」

「皮剝いたらすぐ鮮度が落ちちゃうの。スーパーには皮を捨てていく用のゴミ箱とか設置されてるけど無視してね。美味しく食べたいなら、絶対に皮つきのままお家に持ち帰ること」

そうして無事に家まで持ち帰っても、茹でる時に皮を剝ききってはいけないそうだ。最後の薄皮一枚を残したまま、ひたひたの塩水でじっくり茹でる。こうすることによりトウモロコシの旨味《うまみ》が茹で水に逃げず、甘みを引き出して茹で上げることができるらしい。

「ちなみに美味しいとうきびの見分け方はね、全体的にまるっとしてて、茶色いヒゲがみょんって伸びてるやつだからね」

出町さんがヒゲのジェスチャーつきで教えてくれた。店頭で見分ける際にはぜひとも参考にさせてもらおう。

「早く試したいなあ。もうじきですよね、トウモロコシの旬」

とうきびピーラーを試し握りしながら私は胸を躍らせていた。大通公園の焼きトウモロコシも食べてみたいし、もちろん自分でも茹でてみたい。

「北海道の夏は短いからね。油断したらすぐ秋、そして冬だから。夏の美味しいもの、思う存分堪能《たんのう》してよ」

五味さんが実感込めつつ勧めてくれる。

「もう九月になったら普通に寒くなるから。マジで北海道って実感するよ」

「そんなに短いんですか……」

「しかも冬はめちゃくちゃ長いからね。三月、四月まで冬って思ってもいいくらい」

「長すぎません⁉」

でも確かに、私が引っ越してきた三月は札幌市内にもまだ解け残った雪が残っていた。桜が咲いたのは五月だったし、六月になってようやく暖かくなってきたくらいだ。寒くなるのはきっとあっという間だろう。私もこの夏をしっかり楽しんでおかなければなるまい。

「他に、北海道で夏のうちに食べておいた方がいいものってありますか？」

決意を秘めつつ尋ねれば、出町さんはぱっとひらめいた顔をする。

「もうちょっと先だけど、ホタテとか？　うちの製品にこういうのあってさ――」

言うなりデスクの引き出しから取り出してきたのは、とうきびピーラーに少し似ているステンレス製のヘラだ。先端はとうきびピーラーよりも広く、ホタテの貝殻の形を模している。形状からして、恐らくシェルナイフだろうと思われた。

「ホタテの旬が来たらこれも結構出るんだよ、ホタテナイフ」

「へえ、ホタテ専用なんですね」

専用のナイフが一定の需要を得られるくらい、北海道ではホタテの漁獲量も多い。札幌市は海に面していないけど、すぐ隣には港のある石狩《いしかり》市があるし、そもそも北海道自体が周囲を海に囲まれている地域だから海の幸もまた豊富だった。

私もいわゆる『海なし県』の生まれだから、新鮮な海産物には憧《あこが》れもある。両親なんかは電話をする度、北海道でどんな美味しい魚介類を食べたか尋ねてくるほどだ。

『ウニはもう食べたの？　カニは？　一度は食べておきなさい』

『タコしゃぶとか、イカの刺身も美味しいって聞いてるよ』

そうは言っても私は北海道に観光で来たわけではなく、憧れの会社に入ったとはいえ身分はさえない新入社員、初任給だってさほど多くはなかった。さすがにウニやカニを食べられる機会は当面ないだろう。

しかしホタテ一枚くらいなら、私の財力でもどうにかなるかもしれない。

「ホタテって北海道だとお安いんですか？」

念のため尋ねてみると、深原室長は顎《あご》に手を当てながら答えてくれる。

「よく獲《と》れる年だと、スーパーで殻つき一枚百円とかあるね」

「絶対食べます！」

私はシェフ工房のホタテナイフを購入することに決めた。トウモロコシ同様、旬が来るのが待ち遠しくて仕方がない。

その後も企画開発室の会議テーブルには、次から次へと見たことのない製品が登場した。

「これはカキナイフ。その名の通りカキを食べる時用のね。こっちはホッキナイフ――ホッキ貝って食べたことある？　ない？　したら絶対食べた方がいいよ。バター焼きもいいけど私はお刺身が一番好き。あと夏と言えばメロン。うちではメロン専用スプーンっていうのもあってさ、半分に切ったメロンからこれで種くりぬいて、真ん中にバニラアイス入れて食べると最高に美味しいよ」

ピンセットのように先端が細いカキナイフと比べると、ホッキナイフは名前通りのナイフらしい形状をしている。そしてどちらも柄の部分に貝の絵柄が入っていて、用途がすぐわかるようになっていた。同じようにメロン専用スプーンも、柄のところが緑の網目模様で可愛いつくりだ。スプーンは先割れになっていて、これで種や果肉を掬《すく》うのだろう。どれもこれも、使い方を想像するだけでよだれが出てくる。

「シェフ工房の製品って、美味しそうなものばかりですね」

幸せな思いでスプーンを手に取れば、深原室長がにっこり笑った。

「新津さんと五味くんの企画も、そのうちの一つになるといいね。頑張って展示会に間に合わせよう」

「はい！」

私が声を上げると、五味さんも張り切った様子で頷《うなず》く。短い夏を待ち遠しく思いながらも、私たちは既に秋を見据えていた。

この日は四人揃って、企画開発室でお昼ご飯を食べた。

企画会議の最中から食べ物の話ばかりしていたから、昼休みに入る前から私のお腹はぺこぺこだった。ようやくお弁当箱を開いた時、思わず溜息《ためいき》をついてしまったほどだ。

「今日はなまらお腹空《す》いた……」
出町さんも、テーブルに倒れ込みそうな勢いで呻《うめ》いている。共感しかない私が頷く
と、突っ伏したままこちらを見てはにかんでいた。
「お腹の音聞こえたっしょ？　十一時くらいから鳴りっぱなしだったもん」
「私も鳴ってたので大丈夫ですよ」
「じゃあ二人でハモっちゃってたかもね」
二人してお腹をぐうぐう言わせて、ようやく迎えた昼休みだ。今なら何を食べても
美味《おい》しいに違いなかった。
ちなみに出町さんの言う『なまら』とは、『すごく』という意味だ。これは有名な
北海道弁だから五味さんに通訳してもらわなくても知っていた。ただリアルでこれを
使う人には、出町さんしか会ったことがない。
北海道に来てからいろんな人と出会い話もしたけど、やっぱり出町さんほど訛《なま》って
いる人には会えていない。聞けば生まれてこの方、旅行以外で北海道から外に出たこ
とがないそうだ。
「大学もねえ、道外も志望してたんだけど両親に反対されちゃって。したから結局、
地元に残ったの」

出町さんはその話をする時、曖昧《あいまい》に笑っていた。

「私も就職するまでは長野を出たことなかったですよ」

もっとも私の場合は反対も何もなく、単に志望校が地元だったというだけだ。

「でも新津さんは一人で札幌来たっしょ？　親戚《しんせき》とかもいないって聞いてるし……立派なもんだよ」

「いえいえ、全然そんなことないです」

出町さんに褒められると照れてしまう。私が頰に手を当てると、そこで五味さんが何か気づいた顔になった。

「そういえば新津さんは全然訛ってないんだね。長野の人ってみんなそう？」

「あ、確かに！　標準語だよね」

深町室長にも言われて、ますます面映《おもは》ゆくなる。

「そうですかね。実は訛ってないわけでもないんですけど……」

私も高校生くらいまでは自分が標準語を話していると思い込んでいた。うちの祖父母はともかく、両親はそこまで強く訛っていないし、私も方言と認識している言葉を使う機会はまずなかったからだ。大学に進んで県外の人と接するようになり、そこで初めて標準語との微妙なイントネーションの違いと、地元だけで通用する言葉があったことを知った。

「長野の方言ってどんなのがあるの？」

出町さんの問いに、私は少し考えてから答える。

「ええと……例えば『ずくなし』とかですかね」

「ずく……？　初めて聞いた。どういう意味？」

改めて聞かれるとなかなか説明が難しい。そもそも『ずく』というのが標準語に直しにくい言葉だ。やる気とか、頑張って働こうとする気持ち、みたいなニュアンスが近いかもしれない。

だから『ずくなし』というのは、

「強いて言うなら、ぐうたらとか、怠け者って意味です」

私はあまり使ったことはないけど、うちの祖父母は自戒を込めてよく言っていた。

それを聞いた出町さんが、はっとしたように自らの胸を押さえる。

「あっ、なんかグサッと来た」

「い、出町さんのことじゃないですよ！　むしろ働き者じゃないですか！」

「なんで身につまされてるんですか出町さん！」

五味さんが途端に噴き出し、すぐに深原室長まで声を立てて笑い出した。それで出町さんもえへへと笑い、私もなんだか温かい気持ちになる。

と、そこで企画開発室のドアが軽く叩《たた》かれた。

「はい」

一番戸口に近かった私が立ち上がり、ドアを開けると、そこに意外な姿を見つける。

「……茨戸さん」

今日はスーツ姿の茨戸さんだ。

「盛り上がってるとこ、ごめん」

目が合うと茨戸さんはきまり悪そうにしながら、提げていた白いビニール袋を差し出してきた。

「これ、差し入れ。皆さんで食べて」

「あっ、ありがとうございます」

受け取った袋はほんのり温かく、ずしりとした柔らかい重みがある。中身は紙袋が三つ、うっすら汗をかいていた。

何か作りたての食べ物、だろうか。予想をつける私に、茨戸さんは答えを教えてくれる。

「おやき。新津さん好きって言ってただろ?」

「えっ！　買ってきてくださったんですか？」

この間出かけた時にちらっと話したことを覚えていてくれたようだ。嬉《うれ》しさに私が声を上げると、茨戸さんも照れたように口元をゆるませる。

「ノートにメモしておいたから覚えてた。ちょうど美味しそうな店見つけたから、ついでに」

「ありがとうございます！」

改めてお礼を告げてから、私は続けた。

「よかったら茨戸さんも一緒にどうですか？　今、お昼ご飯食べてたところなんです」

ビニール袋の重さからして、たくさん買ってきてくれたことは予想がつく。せっかくなので茨戸さんとも一緒に食べたい。そう思って誘ってみた。

「俺も？　いや嬉しいけど、いいのかな」

茨戸さんは一旦《いったん》遠慮しつつ、私が尚《なお》も勧めると企画開発室に入ってきた。

私はおやきの袋を掲げ、経緯をみんなにも説明する。茨戸さんが差し入れをくださったことを話すと、全員嬉しそうに歓迎した。

「わあ、私もおやき大好き！　茨戸くん最高！」

出町さんが手を叩いて喜ぶと、五味さんも楽しそうに両手を挙げる。

「普段は糖質控えてるんだけど……せっかくだし今日はいただこうかな」

それからちらりと茨戸さんを見て、心配そうに続けた。

「けど、いいの？　新津さんのために買ってきたんでしょ？」

「皆さんの分もちゃんとありますよ。新津さんだけじゃ食べきれませんって」

茨戸さんが笑い飛ばすと、五味さんは納得したのかどうか、すっきりしない顔をしていた。

「で、フレーバーは何があるの？」

深原室長が問い、

「つぶあんと白あん、それにカスタードです。三つずつ買ってきたので早い者勝ちですね」

茨戸さんがすらすらと答える中身を、珍しいなと私は思う。つぶあんはともかく、白あんやカスタードのおやきは食べたことがなかった。でもリンゴやチーズがあるくらいだし、なくはないか。何より美味しそうなので問題ない。

「じゃあ新津さん、最初に選んでよ」

深原室長に促され、私は三つある紙袋のうち『つぶあん』のシールが貼られた袋を開いた。そして中を覗《のぞ》き――こんがりときつね色をした丸い生地のお菓子を見て、思わず固まる。ホットケーキみたいな生地は薄い円筒形で、側面のつなぎ目越しにぎっしり詰まったつぶあんが透けて見えた。一つ摑《つか》んでみるとまだ温かく、すぐにかぶりつけばさぞかし美味しいだろうと思う。

でも。

「おやき――ですか？」

呆然《ぼうぜん》と問いかける私を、他の四人が一斉に見た。

「……ああ、そうだけど」

茨戸さんが答え、逆に怪訝《けげん》な顔をする。

「なんか変なところあった？」

ある。大いにある。せっかく買ってきてもらってこんなことを言うのも失礼だろうけど、言わずにはいられなかった。

「これ、今川《いまがわ》焼きですよね？」

あるいは大判焼き、回転焼きなど日本全国で様々な呼ばれ方をしているこのお菓子は、おやきとは全く異なるものだ。小麦粉を原料にしている点と、あとはせいぜい中に小豆が入る点くらいしか似ていない。今川焼きの生地には卵が使われているし、焼く際にも今川焼き器という型を用いてぱたんと挟むように焼く。間違われるはずがない。

にもかかわらず、何か気づいたような顔をしたのは五味さんだけで、茨戸さん、出町さん、深原室長の三人はむしろ私の指摘が不思議だというように瞬《まばた》きを繰り返していた。

「まあ、標準語ではそう言うみたいだよね。今川焼き」

やがて深原室長が口を開き、私の手元を指さす。

「でも北海道ではそれ、おやきって呼んでるよ」

「おやき⁉　これがですか？」

「うん、おやき。新津さんのとこは違うの？」

出町さんも頷《うなず》き、逆に聞き返してきた。

「私はこれ、今川焼きと呼んでます……」

「ええ⁉」

私の答えを聞いた茨戸さんはすっとんきょうな声を上げ、たちまち困り顔になる。

「もしかして、新津さんの好きな『おやき』って全く別のもの？」

そこで私は信州名物おやきについて、居合わせたみんなにレクチャーすることとなった。おやきとは小麦粉をお湯で溶いた生地を薄く延ばし、そこに様々な具材を包んで焼いたものだ。ずっと昔は囲炉裏で焼いたり、灰に埋めて蒸し焼きにしていたりしたそうだけど、私はもっぱらフライパンでこんがり焼く派だ。焼きたてはもちもちしていて、どちらかと言えば餃子《ギョーザ》の皮に似た食感をしている。ふっくら焼き上がる今川焼きとはやっぱり似ても似つかない。

――そこまで話してようやく、みんなにもこの行き違いを理解してもらうことができた。

「そうだよね。俺もこいつは今川焼きだけど、北海道ではおやきって呼ぶって聞いて、最初びっくりしたし」

五味さんが同情的に語る横で、茨戸さんはすっかりしおれている。

「なんだ、てっきり新津さんはこれが好きなんだと思って……ごめん、がっかりさせて」

私としても茨戸さんをがっかりさせてしまったのは本意ではないし、逆に申し訳ない。まさか今川焼きを『おやき』と呼ぶ地域があるだなんて思いもしなかったのだ。それに差し入れをしてくれた茨戸さんの気持ちは、とても嬉しい。

「いえ、こちらこそ説明不足ですみません」

謝り返した後、改めてつぶあん入りの今川焼きを手に取る。

「それに私、今川焼きも大好きです。茨戸さん、本当にありがとうございます」

「そう言ってもらえてほっとしたよ。こちらこそありがとう」

茨戸さんもようやくいつもの調子を取り戻したようだ。なんでもないように言ってくれて、私もほっとする。

その後はみんなで今川焼きを味わった。今日は特別お腹が空《す》いていて、お弁当だけでは足りないと思っていたところだったから、とてもありがたい差し入れだった。つぶあん入りの今川焼きは甘くて美味《おい》しかったし、みんなでわいわい言いながら食べた。出町さんがクリームを鼻の頭につけてしまったり、足りなかった分を五味さんと深原室長がじゃんけんで取りあったりした。

「いつか、新津さんのいう『おやき』も食べてみたいな」

楽しい時間の終わり頃、茨戸さんは私にそう言った。

だから私も笑って応じる。

「手作りでよかったら、いつかごちそうしますよ」

「本当？　じゃあ、機会があったら是非」

今日のお礼に、せっかくなので信州名物の方も味わってもらいたい。

おやきについてのひと騒動から一週間ほどが経った七月の初め、出町さんは私にこう尋ねてきた。

「新津さんのところの『おやき』って、どこのがお勧めとかある？」

初めて見る出町さんの真剣な面持ちから、彼女がどれほどおやきに興味を持っているかが窺《うかが》える。珍しいなと思いつつ聞き返してみた。

「もしかして、出町さんも食べたいんですか？」

「うん、食べたい！」

私の問いに力一杯頷いて、出町さんは訴えてくる。

「茨戸くんが差し入れをくれた日からずっと気になってて、ネットでお取り寄せ調べてたんだわ。したけどどこで買うか決めきれなくて、ここは新津さんのお勧め聞こうと思って！」

長野にはおやきの有名店もいくつかあるし、実際に通信販売を行っている店も存在していた。とはいえ私もお店で買って食べたことはあっても、さすがにお取り寄せまでしたことはない。そもそも長野にいた頃はそんな必要もなかったからだ。

なので、逆に持ち掛けてみる。

「よかったら、私が作りましょうか？」

私のその申し出は、出町さんにとって相当予想外のものだったようだ。小さな子みたいに顔じゅうで驚いた出町さんが、次の言葉を発するまでに数秒掛かった。

「つ……作れるの？」

「はい」

「え、すごくない？」

「そうでもないです。結構簡単なんですよ」

小麦粉と何か具材があれば、生地を作って包んで焼くだけだ。ちょっと小腹が空いた時のおやつやお昼ご飯代わりに、あるいは夜食としても優秀なのがおやきだった。たくさん作って冷凍しておき、味噌《みそ》汁やすまし汁に入れて食べるのも美味しい。スキー部でも何度か作っては、部員たちから好評を博したメニューの一つだった。

その辺りの話をざっくりと打ち明ければ、出町さんは深く息をつく。

「わあ、本物の郷土料理って感じ」

「今度作ってきましょう。ちょうど私も、そういう機会があればなって思っていたところなんです」

茨戸さんも『食べてみたい』と言っていたし、今川焼きのお礼もできたらと思っていた折だ。タイミングとしてはちょうどいい。

「いいの⁉」

嬉《うれ》しそうな声を上げた出町さんが、ぱちんと手を合わせた。

「忙しくない時でいいんだけど、お願いします。ちゃんと材料費は払うから」

「そんな、いいですよそのくらい。お世話になってますし」

薄給の新入社員と言えど、おやきの材料を買えないほど貧しくはない。むしろ歴史上でお米の代替食とされてきただけあり、小麦粉と水と何かしらの中身さえ揃えば作れるのがおやきというものだ。何より尊敬する先輩からお金をいただくのも悪いという気持ちがあり、私は固辞しようとした。

だけど、

「後輩にお金使わせっぱなしの先輩とかよくないっしょ。材料買ったらレシート絶対貰《もら》ってきて！」

語気を強める出町さんというのも珍しい。私は半ば気圧《けお》されながらも頷いた。

「わ……わかりました、じゃあ」

買い物をしたらレシートを貰い、会社まで持ってくる。出町さんとそう約束をした上で、私はおやきを作ってくることになった。

会社帰りに立ち寄ったスーパーに、ついにトウモロコシが並ぶようになった。

POPには『トウモロコシ』と書いてあるけど、北海道の人はみんな『とうきび』と呼ぶのが不思議だ。そして、そういう言葉が他にもあるのかもしれないと思うとわくわくする。主に出町さんが使っているからかもしれないけど、北海道の言葉は温かくて柔らかい印象があり、もっといろいろ知ってみたい。

旬を迎えたトウモロコシは思った以上に安価だった。とうきびピーラーも社員割引で安く買えたことだし、せっかくなのでおやきの具はこれにしよう。

私は深原室長や出町さんに教わった通り、茶色いヒゲが『みょん』と伸びていて、胴体がまるっとしているトウモロコシを店頭で選んだ。もちろん皮は剝《む》かずに購入し、家まで持ち帰る。

張りのある皮に包まれたトウモロコシは、まだ畑にいるような緑の匂いがした。キッチンに立ち、まずはその皮を剝く。茹《ゆ》でる時は薄皮を残した方がいいと言われていたけど、今日は炒《いた》め物なので全部剝《は》がしてしまった。

皮を脱いだトウモロコシは陽射しをたっぷり吸いこんだかのような黄色をしていた。粒の一つ一つがふっくらとしており、つややかに光っている。その根元にピーラーを差し込み、ぐっと押し込むとまるでもう一枚皮を脱ぐように連なって剝がれていった。それほど強い力も入れずにするりと外せるので、とうびきピーラーは非常に便利な道具だ。惜しむらくはトウモロコシ以外の使い道が浮かばないところだ。

だけど、トウモロコシくらいにしか使えない品が一定の需要を得ているという点が、企画開発室としては大事なのだろう。そういうニッチな需要を拾い上げてこそ、シェフ工房の製品は輝くのだ。

剝がしたトウモロコシの実を、バターを溶かしたフライパンに入れて三分ほど火に掛けて炒める。バターの芳醇《ほうじゅん》な香りにトウモロコシの甘い香りが加わって、もちろんこれだけでも美味しそうだ。ただ今回はおやきの具なので、ここに水とみりんでゆるめた味噌《みそ》を加え、味噌バター炒めにする。これが一つ目の具材だ。他は同じく旬のカボチャを茹でて潰《つぶ》したカボチャあんと、お店で購入したつぶあんの二種類と決めていた。おやきの皮は水をよく吸うので、作りたてを食べないのなら水分が少ない具の方がいい。でも旬のトウモロコシだけは譲れなかった。

そういうわけで、おやきの皮で具を包むのは翌日の朝にした。中力粉にお湯を少しずつ加減しながら混ぜ、耳たぶくらいの柔らかさになるよう練っておく。その生地を寝かせた後、小さく丸めてから平たく延ばし、真ん中に具材を載せて包む。そして中身がばらけないようしっかりと口を閉じたら、閉じた方を下にして押しつぶす。これでおやきの平たい円形になる。

あとはフライパンで焼き、最後に蒸せば完成——だけど、出町さんたちには是非温かいおやきを食べて欲しいので、家ではフライパンで焼くところまでにした。油は控えめに引いておやきの両面にこんがりと焼き目をつけたら、粗熱を取ってから保冷剤と共に冷蔵バッグへしまう。シェフ工房には蒸し器、シリコンスチーマー、その他調理器具がふんだんにあるので、蒸す工程については心配なさそうだった。

せっかくなので今日の朝ご飯に自分の分だけ蒸してみる。

「いただきまーす」

中力粉を練り上げて作ったおやきの皮はもちもちで食べ応《ごた》えがあり、トウモロコシの味噌バター炒めのしょっぱさとも、カボチャあんやつぶあんの甘さともよく馴染《なじ》んでいて美味《おい》しかった。旬のトウモロコシは一粒一粒に甘みと瑞々《みずみず》しさが詰まっており、しゃきしゃきとした食感もたまらない。もっといろんな料理に使ってみたいものだ。

おやきの素朴な味からは歴史を感じた。私のご先祖様も食べていたのかもしれない、などと思うと連綿と受け継がれてきたこのおやきという存在はロマンがある。出町さんや茨戸さんの口にも合えばいいな。心配なのはそこだけだ。

スキー部のマネージャーだった頃もそういう不安は常にあり、私がシェフ工房のキッチングッズを駆使して作った料理でも、口に合わない部員がいたり、次は違うメニューがいいと注文をつけられたりということがあった。一度も文句を言わずに食べてくれたのは円城寺くらいのものだ。

『新津のご飯、うちの親より全然美味しいよ！』

ちょっと失敗した時ですらそう言ってくれた。円城寺はいい子だ。やっぱり、一番大切な友達だ。

そもそも大学に入るまで料理一つやってこなかった私が、スキー部のマネージャーになり、みんなの食事を作るなんてことをよく続けてこられたと思う。もちろん自分の意思でやると決めたことではあったけど、自分だけのご飯を作ればいい現在と比べると、やっぱり大変な毎日だった。

それでも最後までマネージャーを続けられたのは、大学時代を『ずくなし』で終わりたくなかったからだ。

スキーができなくなった以上、何かをやり遂げてから卒業したかった。その想いを貫いたからこそ、今日、シェフ工房社員としての私がいる。未練なんてとっくに断ち切っていたはずだ。

だから、円城寺とも——いつか、ちゃんと会わないと。

翌日、私はおやき入りの冷蔵バッグを持って出勤した。

そして先に企画開発室へ来ていた出町さんに報告する。

「おはようございます。お約束のおやき、作ってきました」

「えっ、本当⁉」

たちまち出町さんの顔がひまわりみたいに輝いたかと思うと、嬉《うれ》しそうに飛んできた。

「やったあ！　さっすが新津さん！」

「一応三種類作ってみました。お口に合えばいいんですけど」

「口の方を合わせるから大丈夫！」

全く頼もしいお言葉だ。安心して食べてもらうことができる。

「食べる前に温めがてら蒸したいので、いい蒸し器ありませんか？」

そう尋ねたら、出町さんは得意げに胸を張った。

「ないわけないよ。うちはシェフ工房だよ、蒸し器なんていくらでもあるから！」

「ですよね。じゃあ大きめのを——」

「蒸し器？」

そこで、話を聞いていたらしい五味さんが立ち上がる。そして何か取り出したかと思うと、私と出町さんに向かって両手で掲げてみせた。

「それならいいのがありますよ！　例の二段スチーマーの試作品、忠海さんから今朝受け取りたてのほやほやです」

「えっ、もうできたの？」

出町さんが驚くのも無理はない。企画開発室での会議を経て、まとめた企画書を製造部に回したのはつい先週の話だ。今回はプラスチック製で自社製作できるとはいえ、ずいぶん急いで作ってくれたものだ。

「展示会に間に合うよう、試作重ねていきたいってお伝えしたからかなあ」

腕組みをする出町さんに、五味さんが目を見開いた。

「出町さんが、忠海さんにお伝えしたんですか？」

「うん、たまたま話す機会あったから。なして？」

「あ、いえ……」

聞き返されて五味さんは濁したけど、気持ちはわかる。少し前まで出町さんは忠海さんを恐れていて、一緒に地下鉄にも乗ろうとしなかった。世間話はもちろん、『新作の試作がどうこう』と話しかけられるような雰囲気すらなかったはずだ。不思議に思った私が視線を向けると、五味さんもまだ釈然としない様子で首を傾げてみせた。

それはさておき、試作品の二段スチーマーはいい出来だ。色は竹せいろを模した優しいベージュ、上の段は網目の細かいザルになっており、蒸し料理にありがちな食材の張りつきを防ぐエンボス加工がされている。下段は煮込み料理もできるように深めの仕様で、底面は洗いやすいようにフラットに仕上げられていた。隅から隅まで企画書通りだ。

私たちはお昼休みになると、その試作品とおやき入りバッグを抱えて電子レンジのある給湯室へ向かう。レンジは社員食堂にもあるんだけど、さすがにこの時間は混み合っているだろうから避けた。

「新津さんの作ったおやきかあ。どんな味するんだろ、楽しみだな」

スチーマーを抱えた五味さんもついてきて、声を弾ませている。私がおやきを作ってきたことを話すと、『今日も糖質オフを休む』と言い出していた。更には深原室長も食べたがってくれて、蒸し上がったらみんなで食べることになった。

給湯室はシンク、ガス台、背の低い冷蔵庫、それに四角いテーブルが一台あるだけのごく小さな部屋だ。私と出町さん、それに五味さんが入るともうぎゅうぎゅうなくらいの広さしかない。テーブルの上に置かれた電子レンジの電源を入れ、スチーマーの下段に水を注ぐ。上段のザルにはおやきを並べて、蓋《ふた》を閉めてからレンジで加熱を始めた。

「味もですけど、仕上がりも気になりますね」

電子レンジのガラス戸越しに中を覗《のぞ》く。会社のレンジはターンテーブル式で、ゆっくりと回るスチーマーを眺めながら完成を待った。

「そだねえ。何度か試作して、いいものにしたいね」

一緒に中を覗いている出町さんが微笑む。優しいその表情が、レンジの庫内灯に柔らかく照らされていた。

やがて加熱完了を知らせる電子音が鳴り、扉を開けてスチーマーを取り出す。スチーマーには持ち手があるので加熱後も安全だ。蓋を開けてみると、立ちのぼる湯気越しにふっくら蒸し上がったおやきが現れた。

「わあ、美味しそう！」

「いい匂い。これはめちゃくちゃ期待しちゃうな」

出町さんと五味さんの期待の眼差《まなざ》しを受けつつ、私は持ってきたおやきを三回に分けて全て温める。そして企画開発室に持ち帰った後、深原室長も加えて四人で試食をすることにした。

「こちらがトウモロコシの味噌《みそ》バター炒《いた》め、こちらはカボチャあんです。こっちはつぶあんにしました」

「え、どれから食べよう……」

私の説明を聞いてうろうろと手を彷徨《さまよ》わせてしばらく悩んだ末、出町さんはカボチャあんを、五味さんはトウモロコシ味噌バターを、深原室長はつぶあんを選んだ。いただきますを言ってから、三人ほぼ同時にかじりつく。私は三人の表情の変化を目で追おうと必死だった。

一番わかりやすかったのは、当然ながら出町さんだ。ぱくっと大きめにいった一口目ですぐさま満足げな顔になり、もぐもぐと嚙《か》み締めた後で素早く二口目を食べ始める。気に入ってくれたことがその迅速さでわかる。

「美味《おい》しいねえ、新津さんのおやき！　皮がもっちもちなんだね！」

「お口に合ってよかったです」

「合わせる必要もなかったよ。お取り寄せより絶対美味しいっしょ、これは」

さすがに店売りのものほど美味しいかは自信がないけど、美味しいというだけなら自信がある。何度も作ったことがあるし、スキー部の部員からの評判も良かった。ただ北海道の人に食べてもらうのは初めてだったから、出町さんにそう言ってもらえてほっとする。

「なるほどね。これが『おやき』なんだ」

深原室長は両手でおやきを持ち、上品に一口食べた後、たまらずといった様子で笑い出した。

「これを想像した上で今川焼きが出てきたら、それは新津さんもびっくりしちゃうよね」

「その節はお騒がせしました。本当に、まさかという感じで……」

「こちらこそ勉強になりました。だけどこっちのおやきも美味しいね、小麦粉の味がしっかりしてて」

おやきは薄力粉を使ってももちろんいいけど、中力粉を使うとより歯ごたえのある、もっちりとした生地になる。

「このトウモロコシ美味《うま》いね。味噌バター炒め？　トウモロコシの甘みとよく合うし、すごくいいじゃん」

五味さんはトウモロコシのおやきをとても気に入ってくれたようだ。誰よりも早く、あっという間に一つ食べた後、なくなったことを惜しがるように項垂《うなだ》れた。

「もう食べきっちゃった……これ一人何個？　俺の分まだあるなら、誰か甘いのとトレードしません？」

途端に出町さんは自分の分のおやきを抱え込むようにして、

「え、やだ」

深原室長もたしなめるように言う。

「そんな美味しいって言われたら、かえって食べてみたくなるよ」

私はと言えば嬉《うれ》しい気持ちもありつつ、ちょっと慌てながら各種一個ずつのおやきを確保しておいた。ちょうどさっき、茨戸さんに連絡を入れていたのだ。彼から返信があり、今なら社内にいるということなので、おやきをこれから届けに行くつもりだった。

「私、ちょっと営業一課に行ってきますね」

お皿に載せたおやきを持って声を掛けると、すかさず五味さんが微笑んだ。

「ああ、茨戸くんのとこ？」

「はい。この間の今川焼きのお礼をしたいと思って」

「持っていってあげたらきっと喜ぶよ」

そうだといい。私は頷《うなず》いて企画開発室を出ようとした。

そこで出町さんがあっと声を上げる。

「新津さん、営業一課の場所わかる？　私、ついていこうか？」

先日、製造部の場所がわからずに結局同行してもらった経緯があった。出町さんが心配するのも無理はない。

だけどそこで五味さんがあたふたして、出町さんを止めに入る。

「ちょっ……あの、場所教えるだけにしましょう。新津さんなら一人で大丈夫ですって」

「なして？」

「なしてって……いいんですよとにかく。だよね、新津さん？」

きょとんとしている出町さんをよそに、五味さんは目配《めくば》せをしてきた。

五味さんは何か誤解しているような気がする——まあそれは追々解いていくとして、私は営業一課の場所だけ教えてもらい、一人で向かうことにした。

今から行きますと連絡を入れておいたからか、茨戸さんは営業一課のドア前で待っていてくれた。廊下で来た私に気づくと、さっと顔を上げる。

「ああ、新津さん」

昼休みだからか、営業一課のオフィスはドアが薄く開いていた。そしてその隙間からがやがやと話し声が漏れだしている。企画開発室よりもはるかに人数の多い部署で、室内はずいぶんと賑《にぎ》やかだ。

「すみません、お時間いただいちゃって」

「謝らなくていいって。俺、楽しみにしてたんだ」

茨戸さんのその言葉にほっとしつつ、改めて以前のお礼を告げた。

「先日は『おやき』、ありがとうございました」

未《いま》だに今川焼きを『おやき』と呼ぶことには慣れない。だけど私も札幌で長く暮らすうち、そういう呼び方もあることを受け入れるのかもしれないな、と思う。もちろん故郷名物の『おやき』も大切で、忘れることはない存在だけど、郷に入っては郷に従えという格言もある。言葉とはみんなに通じることこそが肝心だ。

なんにせよ、茨戸さんは思い出したようにはにかんでみせた。

「あれは本当にカルチャーショックだったたな。新津さんが許してくれたからよかったけど」

「許すも何も、お気持ちは本当に嬉しかったですよ」

「でも、一度はすごく期待させただろ。新津さんも故郷の味が食べたかっただろうし」

その故郷の味は今、茨戸さんの目の前にある。私が勧めると、茨戸さんは一瞬迷ってからトウモロコシ味噌バターを手に取った。

「ちょっと行儀悪いけど、ここでいただきます」

そう言ってそのまま口に運ぶ。茨戸さんの一口は出町さんの一口よりも大きくて、二口で食べきってしまった。そしてにこにこと上機嫌の顔で言ってくれる。

「美味しい！　これトウモロコシ？　とても好みの味つけだよ」

「念願のとうきびピーラーを使いました」

私が報告すると、茨戸さんは軽く笑ってみせた。

「ああ、ようやく使う機会来たのか。どうだった？」

「とっても使いやすかったです。力を入れなくてもこそげることができました」

「そうなんだ。是非その話も今度――」

と言いかけて、ふと茨戸さんが口をつぐむ。それからゆっくり背後を振り向いたので、私も何気なくその視線を追った。

すると営業一課の開いたドアの隙間から、何人かの社員がこちらを窺《うかが》っているのが見える。

「茨戸くんの彼女？」

「企画開発の新人さんだよ。長野からはるばる来たっていう……」

「いいねえ、若いってのは」

あまり潜《ひそ》めていないひそひそ話も聞こえてきて、茨戸さんは呆《あき》れたように溜息《ためいき》をついてから叫んだ。

「彼女じゃないですよ！」

それでドア前の人影はばたばたと逃げるように去り、うんざり顔の茨戸さんが私に向かって詫《わ》びてきた。

「ごめん。うるさい先輩方で」

どうやら五味さんと同じ勘違いをしている人たちが、ここ営業一課にもいるようだ。

「こちらこそすみません。もっと人目のない時に来ればよかったですね」

「迷惑だったら来てもらわないよ。これ、ありがとう。美味《おい》しくいただくよ」

茨戸さんは私の手からおやきを受け取ると、囁《ささや》くような声で言った。

「また部活動で。『情報交換部』でとうきびピーラーの話も聞かせて」

「もちろんです」

話したいことは山ほどある。とうきびピーラーでトウモロコシの粒を外すのがどれほど楽しいかということも、新作の二段スチーマーの出来もかなりいい感じだということも、ホタテナイフを買ってみたという話も、次の部活動でしっかり聞かせたい。

二段スチーマーで煮浸しうどん

札幌の夏は思ったより涼しい。

と言うと、いろんな人から反論された。出町さんは『嘘でしょ暑いっしょ』と驚いた様子だったし、五味さんは『そりゃ本州よりは涼しいけどさあ』と笑っていたし、深原室長に至っては『来年度こそ総務と交渉して絶対エアコンつけてもらう』と宣言しているほどだ。しかし今のところ、シェフ工房でエアコンが完備されているのは製造部の工場だけらしい。

ただ気温だけで見れば今年の八月は猛暑日なんて一日もなく、真夏日もたまに数日続く程度だ。企画開発室の窓を開ければ緑の匂いがする風が吹き込んできて、とても過ごしやすい。西側の窓からは連なる緑の山並みが見える。そのうち最も高い山が手《て》稲山《いねやま》だ。夏山の緑は目に優しく、きれいでいい。

「したけど、長野って避暑地っていうっけさ。そっちの方が涼しいんじゃない？」

出町さんは不思議そうに尋ねてきたけど、私はきっぱり否定した。

「全然そんなことないです。暑いです」

長野の避暑地というのは例えば志賀高原《しがこうげん》とか上高地《かみこうち》とかを指すのであって、市街地は普通に暑く避暑も何もない。札幌に比べたら連日真夏日なんて普通だし、猛暑日もあるのが長野市だ。それでいてエアコンの普及率はこちらと大差なく、うちの実家にもまだ設置していない。

「私としては札幌の涼しさに軍配を上げたいですね」

そう答えると、

「えー、意外。大した涼しいんだと思ってたのに」

「ここより涼を求めるなら、もう道東や道北目指すしかないのか……」

出町さんも五味さんも納得していなかったけど、私としては札幌に来て、いつになく過ごしやすい夏を迎えていた。

しかし北海道の夏は短い。特にシェフ工房にとっては来たる九月の展示会に向け、一段と忙《せわ》しない時期となっていた。

「展示会の日程が決まったから確認しておいてね。九月入ったら急に寒い日があったりするから、体調管理も忘れずに」

深原室長の言葉にみんなが頷《うなず》く。

展示会は札幌市内及び近郊の企業が合同で行うもので、多業種による様々な製品や技術を各社ごとのブースで展示し、新規顧客を獲得するのが目的だ。大小さまざまな企業が参加する他、開催中はたくさんの来場者が訪れるため、特にうちのような小さな会社にとっては一大ビジネスチャンスとなる。

「知名度の低い会社だと、そもそも営業行っても話聞いてもらえないってこともあるくらいだからね。大勢の人の目に留まる展示会は、知名度を上げるまたとない機会なの」

普段はおっとりしている深原室長も、この時ばかりは意気込まざるを得ないようだ。珍しく早口気味に続ける。

「一人でも多くの人に足を止めてもらって、うちの製品を気に入ってもらえるように頑張ろうね」

「はい！」

シェフ工房の製品のよさを広められるのは嬉《うれ》しいし、かつて自分一人で行ってきた布教活動を業務として、企画開発室のみんなと行えることは幸せだ。

ちなみに展示会の会場は札幌市東《ひがし》区、丘珠《おかだま》空港のすぐ横にあるコミュニティ施設とのことだ。まだ札幌の地理に明るくない私は丘珠空港の位置も『この辺かな』くらいのうろ覚えだったけど、そこは五味さんが教えてくれた。

「ここからだと札駅まで出てから東豊《とうほう》線に乗り換えて、終点の栄町《さかえまち》駅まで――なんだけど、荷物も多いし例年なんだかんだ車で行ってるよ。営業部の社用車に乗り合いで」

「そうそう、段ボールでわやくちゃになりながらね」

出町さんが記憶を手繰り寄せるように目を細める。

展示会には私たち企画開発室の他、営業一課からも人員が派遣されて設営から展示、そして最後の撤収までを共に行うそうだ。もしかすると茨戸さんも来るのかもしれない。

展示会に向けて、新製品の一つである二段スチーマーもついに試作を終え完成していた。試作段階よりも色味を上品に直し、更に竹せいろに似せたスチーマーにはシェフ工房のロゴとタヌールくんの顔も入り、うちの製品として堂々たる風格を放っていた。

「こうして見るといい製品だなあ……」

五味さんはすっかりめろめろで、頬杖《ほおづえ》をついて二段スチーマーに見入っている。こんなに幸せそうな顔をする五味さんは初めて見た。まるで生まれたばかりの子供を可愛がるみたいにスチーマーの蓋《ふた》を撫《な》でてみせる。

「売れるといいなあ、君。せっかく俺たちが手がけたんだからさ」

「売れますよ、きっと。いい製品ですもん」

企画段階から参加した初めての製品だ。ましてや五味さんがこんなに喜んでいるのだからお客様にも喜んでもらいたい。心からそう思う。

「モニター調査でもなかなか評判よかったし、大丈夫だよ」

深原室長もそう太鼓判を押してくれた。

シェフ工房の新製品はいわゆるテストマーケティング——製品の正式な販売開始前に無料モニターやテスト販売という形で消費者の方々に試してもらい、フィードバックを貰《もら》ってから販売に踏み切る。今回の二段スチーマーもモニター調査済みであり、その結果は既に私たちの手元に届いていた。評判の程は上々だ。

実は私も深原室長のご指名でモニター調査に参加している。もちろん評価は手心なく正直に記したけど、スチーマーとしての性能は文句なしだった。蓋に水蒸気が溜《た》まり、蓋を開ける時にそれが水滴として垂れてくる点と、ザルのエンボス加工が食器スポンジに引っ掛かる点くらいが不満で、あとは特に気になるところもない。いい製品に仕上がったから、展示会での反応が楽しみだった。

「毎年展示会が近づいてくるとおだっちゃうよね」

出町さんがそわそわしている。

「今年は新津さんもいるし、いいとこ見せたい気持ちがあるから余計にだわ。気をつけないと」

いつもならここで五味さんが『おだっちゃう』の翻訳をしてくれるところだけど、あいにく彼は新製品を眺めるのに夢中で、結局聞きそびれてしまった。

かといって後から尋ねようと思うほど、私の方も余裕はない。もう一つの新製品が、試作段階で行き詰まりを迎えていたからだ。

以前、私が『欲しいものノート』に書き留めた、メレンゲを作る時にも腕が疲れない泡立て器は、一応企画書をまとめて提出済みだった。立案に当たっては企画開発室のみんなの助言も貰っていたし、なるべく軽く、そして少ない力で泡立てやすい品を考えたつもりだ。

「メレンゲを立てる機能に特化するなら、そういう形状に振り切ってしまうのもいいかもしれないね」

深原室長の言葉に、でも、と出町さんは挙手をして反論した。

「私としては泡立て器として出すべきだと思います。調理器具が家に増えてしまうのは困るという消費者も多いでしょうし、汎用《はんよう》性の高いものを一つ買っていろいろ使える、というのがシェフ工房のコンセプトにも合っています」

「攪拌《かくはん》を目的と考えれば、純粋にワイヤーを増やせば泡立ちやすくなりますよね」

私が意見を述べると、五味さんは悩ましげに眉根《まゆね》を寄せる。

「ワイヤーが多い泡立て器って洗いにくそうじゃないですか？　目に生地が詰まりそうだし」

「極力細いワイヤーにすれば、目詰まりも減らせそうです」

「したけど、固い生地は細いワイヤーだと混ぜにくくなるっけさ。茹《ゆ》でたおイモとか潰《つぶ》す時にはしっかりしたワイヤーでないとすぐ壊れてしまうし……」

出町さんは特に熱心に意見を出してくれて、私は出されたアイディアを元に企画書をまとめ、提出した。一般的な泡立て器よりも空気を含ませられるよう、ワイヤーの数を十五本に増やした泡立て器だ。素材は軽さや耐久性などを考え、ナイロン樹脂にしようと決めた。

だけどその企画書を見た忠海さんは、私を製造部へ呼び出すなりきっぱりと言った。

「これは無理です、作れません」

それはもう見事な、にべもない一蹴《いっしゅう》だ。絶句する私に、忠海さんは丁寧に理由を語る。

「少ない労力で泡立てられるようにワイヤーの数を増やすという発想自体はいいでしょう。しかしワイヤーを増やせば一本一本が細くなり、強度が低くなってしまいます。物事には限度がありますのでね、むやみに増やせばいいというものでもないんです。軽くて腕が疲れないけど壊れやすい泡立て器では、お客様に安物買いの銭失いをさせるだけです。おわかりですね？」

「はい……」

問題点を一つ一つ指摘され、反論の言葉もなくうなだれれば、そのまま企画書を突き返された。

仕方なく持ち帰ってもう一度企画会議を行い、内容を改善した上でまた提出すれば、また駄目出しの嵐だ。

「ワイヤーを太くするだけでは、目が狭くなって洗いにくくなるだけですよ。洗いにくい調理器具はクレームの元です。そもそも前回細さを指摘されたからといって、じゃあ太くするというのは単純すぎやしませんか。もっと考えましょうね」

「え、でも……」

行き詰まりかけていた私が食い下がろうとすると、眼鏡越しに軽く睨《にら》まれた。

「言っておきますが、私は無理なものに無理だと答えているだけですからね。この企画書通りに作っても、そもそもあなたの思い描いているような泡立て器にはなりません」

「それは、そうなんだろうと思うのですが」

私も猛犬を撫でるが如《ごと》く、探り探りで言い返す。

「ただ現状だと、ずっと机上の空論っていいますか、どうしたら私の理想の泡立て器になるかわからないんです」

作りたい泡立て器があり、それに近づけるための設計をしてみても、実際に使ってみなければそれが理想通りかどうかわからない。そして試してみるためには製造部の、忠海さんの協力が必要不可欠なのだ。

「なので、一度これで試作品を作ってみてはいただけないかなって……試してみれば、また改善点などもわかりますし、企画内容の精査もできますから。お願いします！」

恐々と申し出てみると、忠海さんは仏頂面ながらも一応は聞いてくれた。

もっとも答えは予想通りだ。

「これでは無理です。再提出をお願いします」

私はすごすごと企画開発室へ帰る羽目になり、そして三度目の企画会議が開かれた。

「どうしたら忠海さんを納得させられるような企画書が書けますか……？」

頭を抱えている私を見かねてか、五味さんも一緒にうんうん唸《うな》ってくれている。

「もういっそ、袖《そで》の下でも渡すしかないか」

「ワイロですか!?　やっぱり、現金？」

「いやさすがにそれはまずい。忠海さんの好きな食べ物とかないかな」

それで五味さんは出町さんの方を振り返り、

「出町さん、ご存じないです？　確かあの人と同期ですよね？」

さりげなく驚きの情報が繰り出された。では出町さんと忠海さんは同い年なのだろうか。とてもそうは見えない。

ともあれ、出町さんは困り顔で答える。

「ごめん、あんまり知らない……そういう話もしたことないし」

「あっ、全然いいです。こちらこそすみません！」

「したけど、このままだと新津さんが大変だもんね。通りそうな企画書、一緒に考えよ」

出町さんもそう言ってくれて、私は改めて企画と向き合うことにした。より現実的で、ちゃんと作ることができ、その上で思い描いた通りに力の要らない泡立て器になるように、これまで駄目出しされた点も踏まえてどうにか企画書をまとめあげた。

しかし三度目の企画書を出した時、忠海さんはつっけんどんに言い放った。

「こんな調子では展示会に間に合いませんよ、新人さん」

それは私にもわかっていた。しかし泡立て器の軽さや泡立てやすさと強度との兼ね合いがとても難しく、初めて自力で立てた企画に最早改善点を見出《みいだ》せなくなっていたのだ。

「すみません。何がいけなかったですか……？」

「ワイヤーの細さと本数が一向に定まらないところですかね。細すぎると言われて太くし、太すぎると言われて細くするだけではそもそも話が進みません。そろそろここだけでも決めていただかないと次に進めません」

「どこをどう直したらいいのか、わからなくて……」

正直に打ち明けると、忠海さんはあからさまに迷惑そうな顔をした。

「企画自体に無理があるということではないですか」

「で、でも！　これは絶対に製品化したいと思っておりまして――」

慌てて反論しかけた私をオーバーな溜息《ためいき》で遮った忠海さんは、すぐに自分の机の引き出しを開ける。いつ訪ねても恐ろしいほどきれいに整頓《せいとん》されている机から取り出されたのは、どこかで見たように思える泡立て器だ。続けて三本出してきて、それを並べてみせてから忠海さんは言った。

「仕方ないので、試作品を用意しておきました。あなたに企画書を出してもらうより、以前のように一度使ってもらう方が早いだろうと結論づけまして」

「え……」

私は先程とは別の意味で絶句する。

前回は断られていた。だから忠海さんは企画書が通らない限り、絶対に試作品を作ってくれないだろうと思っていたのだ。

泡立て器は企画書通りのきれいな卵色をしていて、素材はプラスチック製だった。ワイヤーの数は三本とも異なっており、グリップ部分は握りやすいように滑り止めコーティングされている他、ボウルに引っかけるための窪《くぼ》みもついている。これも企画書に記した仕様通りだ。

「右からワイヤーをそれぞれ十本、十二本、十五本にして製作したものです。重さも差異はありますが五十グラム以内に収まるようにしてあります。あとはあなたが試して、最も使いやすいと思われるものを選び出してください。そちらを製品化しましょう」

無感情に言葉を並べる忠海さんが、この時ばかりは聖人君子に見えた。

「あ……ありがとうございます！」

私の感謝の声は思いのほか大きく響いてしまって、居合わせた他の製造部員たちが一斉にこちらを向く。忠海さんは煩わしげに顔を顰《しか》めてから、私よりずっと小声で応じた。

「釘《くぎ》を刺されたんですよ、出町さんに。『あまり新津さんをいじめないでください』などと」

「出町さんが……？」

思わず聞き返すと、いかにも心外だというように鼻を鳴らされる。

「言っておきますが、私は嫌がらせや新人いびりで駄目出しをしているんじゃありません。むしろ新人さんの未熟な企画書にじっくり付き合っている姿勢を評価してもらいたいものです。しかしこのまま企画が進まなければ出町さんの誤解が深まる一方でしょうから、これは私にできる最大限の譲歩です」

どうやら出町さんは私を案じてくれたばかりか、忠海さんに声を掛けてくれたようだ。この人のことを以前まではとても怖がり、苦手にしていたというのに。

場違いに込み上げてくる嬉《うれ》しさを噛《か》み殺しつつ、私は改めて忠海さんに頭を下げる。

「ありがとうございます。忠海さんと出町さんのお気持ちを無駄にしないよう、製品化目指して頑張ります」

「頑張ってください新人さん。あなたみたいな後輩ができて、おだってる先輩もいるようですからね」

忠海さんは素っ気なく念を押してきた。

その単語はそういえば先日聞いたばかりだ。いい機会だと思い、尋ねてみる。

『おだってる』って、どういう意味ですか？」

すると忠海さんは気まずげに顔を背け、わざとらしく眼鏡の傾きを直しながら答えてくれた。

「ああ、はしゃぐとか調子に乗るとかいう意味の北海道弁です。すみませんね、訛《なま》ってて」

この人も時々は方言を使うんだ。思いもよらない発見に私も『おだっちゃいそう』になったものの、表向きは神妙な顔をしておいた。

それで現在、私の自宅キッチンには試作品の泡立て器が三本ある。

出町さんの気遣いと忠海さんの厚意を無駄にしないように、どうにかしてベストな品を選出しなければならない。そのためにも泡立て器を繰り返し試してみなくてはいけなかった。何分でメレンゲを立てられるか、それぞれ時間を測りながら——ただいかに軽く、力が要らないようにあつらえた泡立て器であっても、休日に何度も搔《か》き混ぜていれば腕が疲れる。ここのところの私は手首の痛みに悩まされていた。

「いてて……」

手首をさすりながら呻《うめ》くと、それを聞きとがめた茨戸さんが心配そうにする。

「どうかした？　怪我でもしたとか？」

「いえ、ちょっと痛めただけなんです。昨日、泡立て器の試作品を試しまくってたら……」

「痛くなるまで試したんだ？　熱心だな」

茨戸さんは感心した様子だったけど、理由はそれだけでもなかった。過去の怪我では尺骨《しゃっこつ》を骨折していたため、今は完治しているもののたまにあの攣《つ》るような痛みが蘇《よみがえ》ってくることがある。今回は手首を酷使したせいだ。

もっとも、日常生活に支障があるほどではない。

「大したことはないんです。お寿司《すし》だって食べれます」

私がそう返すと、茨戸さんは安心したように少し笑った。

「それはよかった」

本日は『情報交換部』の活動として、二人で回転寿司に来ている。私がホッキ貝を食べたことがないという話をしたところ、茨戸さんにこのお店を勧められたのだ。豊平区にあるチェーンの回転寿司店で、私の住む部屋からは豊平川沿いに北上した辺りに立っている。開店直後を狙って行ったにもかかわらず、日曜日とあってかお店は順番待ちをするほどの混雑ぶりだ。

「昨日は俺も料理してたよ、ほら」

待っている間、茨戸さんがスマホの画像フォルダを見せてくれた。写っているのはいい焼き目がついた信州名物おやきだ。私が以前作ったものを気に入ってくれたので、作り方を教えてあげていた。

「美味《おい》しそうにできてますね！」

「新津さんほどじゃないけどな。でも美味しかったよ」

そう話す茨戸さんは見るからに誇らしげだ。最近では料理を作る機会も増え、シェフ工房の製品も使いこなせているようだ。

少し待った後、私たちはカウンター席に通され、肩を並べてお寿司を食べた。横並びだと、大きな口を開けても気にならないのがいい。

回転寿司で初めて食べたホッキ貝は、ボイルホッキと活ホッキの二種類があった。せっかくなので両方頼んでみると、ボイルのホッキは縁が甘酢漬けのミョウガのような鮮やかな赤紫色、活ホッキは似ても似つかぬ黒ずんだ色をしていた。どちらも肉厚で食感がよく、噛むほどに貝らしい甘みが滲《にじ》み出てくる。活ホッキの方がこりこりと歯ごたえがあり、そして甘みも強かった。シャリとの相性もよく、気を抜くといくらでも食べてしまいそうだ。

「ホッキって美味しいんですね。こんな貝類があったなんて」

感動する私に、茨戸さんはむしろ不思議そうにしている。

「本当に食べたことないんだな。こっちだと珍しくないんだけど」

『海なし県』にいたからですかね。実は回転寿司自体、数年ぶりってレベルで」

地元にいた頃に外食をする際、回転寿司というチョイスはまずしなかった。大学の友人に海産物好きの子がいて、付き合いで何度か行った程度だ。その時はサラダ巻きばかり食べる私をなぜかみんな面白がっていた。サラダ巻き、美味しいのに。

「海なし県か。どういう感じか想像もつかないな……」

茨戸さんは真剣に考え込んでいる。ここだって厳密にいえば『海なし市』には違いないはずなのに、やはり札幌の人はそういうふうに捉《とら》えていないようだ。まあ、都道府県というくくりでいうなら北海道は海ばかりだから当然かもしれない。

ともあれ、北海道に来て素晴らしい食材との出会いがあった。ホッキ貝、これは是非とも味わい尽くしたいと思う。

「ホッキ貝って、お寿司以外だとどう食べるのが美味しいですか？」

そう尋ねてみたら、茨戸さんは思い出したように教えてくれた。

「苫小牧《とまこまい》にホッキカレーのお店があるって聞いたことあるな。美味しいんだって」

「カレーですか？　それは予想外です」

しかし言われてみれば確かに、ホッキの肉厚な貝の身はカレーの具にしても美味しく、食べ応《ごた》えもありそうだ。シーフードカレーというのも悪くはないだろう。

「あとは炊き込みご飯とか、新鮮なやつならカルパッチョとかも美味しいよ」

そこまで言うと茨戸さんの表情が、不意に察したような笑みに変わった。

「もしかして買った？　ホッキナイフ」

すっかり見抜かれているようだ。

「買いました！　試してみたくて仕方がないんです」

「新津さんらしいな。じゃ、使ってみたら感想聞かせて」

是非とも聞かせたいので、スーパーでホッキ貝を見かけたら即購入しよう。メニューはまだ検討中だけど、カレーも候補に入れておこうか。

真昼の回転寿司店は賑《にぎ》やかで活気があった。あちこちで人の話し声がざわめいていて、ゆっくり落ち着いて話せるという雰囲気ではない。ただお寿司はどれも美味しかった。サーモンは脂乗りがよく濃厚な味わいだし、ホタテの貝柱はステーキみたいに分厚い。サンマの握りというのもメニューにあり、私は驚きながら生のサンマを初めて食べた。たっぷりの刻みネギとおろしショウガを載せて食べるサンマは、とろけるような脂と旨味《うまみ》が凝縮された、濃厚で大人っぽい味わいだった。

「私、この美味しさを両親に語り聞かせたいです」

美味しさに打ち震えながら呟《つぶや》けば、隣で茨戸さんが愉快そうな顔をする。

「そんなに？　連れてきた甲斐《かい》があったよ」

両親は私に、せっかく北海道に来たのだからウニやカニを食べなさいと言っていた。しかしそこまでの高級品に背伸びをしなくとも、ここでは美味しい魚介類を食べることができるのだ。しかもチェーンの回転寿司店で。いつか両親を招く機会があれば、是非二人にも味わってもらいたい。

美味しいお寿司を堪能《たんのう》した後、締めにシルクアイスを食べながら、私たちの話題はやはり来たる九月の展示会についてが中心になった。

「俺は去年も行ったんだけど、すごい人出でもう大忙しだったよ。なまじ来場者が多いもんだからノベルティーを途中で切らしちゃって、急遽《きゅうきょ》別の製品を袋詰めする羽目になって。結局俺はほとんど裏方しかさせてもらえなかったんだ」

茨戸さんは昨年の苦労話を切々と語った後、嬉《うれ》しそうにはにかんだ。

「けど、今年は部長に『接客メインに立ってもらう』って言われてさ。最近営業成績いいからって評価してもらえてるみたいで」

「すごいじゃないですか！」

「いや、新津さんがいろいろ教えてくれてるお蔭《かげ》だよ。俺もすっかり自社製品に詳しくなれたもんな」

そう語る茨戸さんの表情は自信に満ち溢《あふ》れていて、私はふと彼と初めて会った夜のことを思い出す。あの時はなんだかアンニュイそうな、熱意のない人だと思ったのに、今ではまるで別人のようだ。

「そんな、茨戸さんの努力の賜物《たまもの》ですよ」

謙遜《けんそん》でもなく私は思う。こうして『情報交換部』で製品情報を仕入れ、営業に活《い》かしている茨戸さんの努力が実ったというだけだ。そしてそれは、彼自身に熱意がなければ成立しなかっただろう。

「褒め上手だな、新津さん。本当にそうかもなって思えてくるよ」

嬉しそうに笑う茨戸さんを見て、なんだか、変わったなとしみじみ思った。

一方で、私は四月からずっと変われた気がしない。円城寺にも言われた通り、大学時代の私のままで今日まで来てしまったように感じる。憧《あこが》れの会社に入り、本来なら目覚ましい成長を遂げていなければおかしいはずなのに、気がつけば泡立て器の企画で足踏みをしているし、まだ何一つとして成果を上げられていなかった。

だけど茨戸さんにはいい刺激を貰《もら》えた。帰ったらまたメレンゲ作りを頑張ろう。

食事を終え、会計を済ませて店を出た時、外は真夏らしいカンカン照りだった。陽射しそのものよりもアスファルトの照り返しがきつい。回転寿司店の広大な駐車場は当然ながら完全に舗装されていて、そこを通り抜けるだけでじりじりと蒸されるような暑さを感じた。

先日、札幌の夏は涼しいと発言してしまった私だけど、市街地を歩いている時はそうでもないかなと疑念がかすめることもある。吹きつける熱風に思わず息をついた時、不意に手元のスマホが震えた。

何気なく画面を覗《のぞ》くと、メッセージが表示されている。

『聞いて聞いて！　私テレビに出るから！』

送り主は円城寺だ。

「テレビ⁉」

あまりの衝撃に私が声を上げると、茨戸さんはぎょっとしたようだった。

「え、何？　何の話？」

「すみません。実は友達がテレビに出るって言ってて……」

メッセージには番組名と放送予定日時も添えられている。夕方に放送されるローカルワイド番組内で道内在住のスポーツ選手を紹介するコーナーがあり、円城寺もそこで取材されたそうだ。

『私めちゃくちゃ緊張してるから絶対観て！』

そうも書いていて、彼女が私に笑い飛ばしてもらいたがっているのが伝わってきた。大学四年間の付き合いの中で『めちゃくちゃ緊張している』円城寺なんて大会前ですら見たことがない。これは是非観ておかなければ。

「テレビに出るってどういうこと？　何かの番組に出るとか？」

茨戸さんは尚《なお》も怪訝《けげん》そうにしている。置いてけぼりにしても悪いので、一瞬迷ってから打ち明けた。

「その友達、プロのスキー選手なんです。円城寺晴、ご存じですか？」

彼女の名前がスポーツ紙に載っているのを見たことがあったし、ローカルニュースでも報じられている。『プロスキーヤー円城寺晴、札幌に拠点を移して始動』などと――高校時代からインターハイに出場し、大学四年間でも華々しい成績を残した彼女は、現在この札幌で冬季を見据えたトレーニングに励んでいた。ずいぶん遠い世界の人になってしまったな、とニュースを見るたびに思う。

私が口にした名を聞いて、茨戸さんは大きく息を呑《の》んでみせた。

「聞いたことあるよ、ニュースで――新津さんの友達なんだ」

それから彼は腑《ふ》に落ちた様子で目を細める。

「だからか、前に『忙しくて会えない』って言ってたのは」

罪悪感で胸が痛んだ。

円城寺は大学時代の思い出と一緒に、『一度は会いたいね』『新津の元気な顔も見たいし』なんてメッセージを送ってくれる。彼女は私に会いたがってくれているのに、快く応えられていないのは私の方だった。

やっぱり、何も変われていない。

八月の焼けつくような陽射しの下、私はふと尋ねた。

「茨戸さんは、地元のお友達と会えたりしてますか？」

札幌出身で、就職先にもここを選んだという彼は、なんでもないふうに答える。

「そこそこかな。仲いい奴らとは年に一、二度集まったりするし、買い物行ったらばったり会うこともあるし。まあでも、札幌にいる連中とは会えてる方かな」

「そうなんですか……」

「でも、それもいつまで続くかなって思うこともあるよ。もう転職したいって言い出してる奴もいれば、結婚考えてるって奴もいて、大人になると同じペースではいられないんだよなって感じてる。そのうち大勢では集まれなくなるのかもなって考えたりさ」

後に続いた言葉を、私も強い実感と共に噛《か》み締めていた。

私と円城寺も、もう同じペースでは歩けていない。彼女はテレビで取り上げられるほど注目を集めている期待のプロスキーヤーで、私はまだ実績もないただの新社会人だ。そのことを情けなく思うし、そう思うこと自体をみっともないと感じる自分もいた。

「私も円城寺に会うなら、何か成し遂げて立派になってからがいいって思っちゃうんです」

つい、そう零《こぼ》してしまってから、これは余計な発言だったなと思う。現に茨戸さんは黙ってしまったし、気まずい空気が漂ったようにも感じた。大急ぎで言い直す。

「あ、でも実際会っちゃえばそんなの感じないと思うんですけどね。円城寺はいい子だし、一緒にいれば絶対楽しいし――」

「新津さんも立派だし、いい子だと思うけどな」

私の発言を遮るように、茨戸さんが言った。

その声がずいぶんと優しく、諭すように聞こえてきたから、私は彼の顔を見られなくなる。円城寺への本心を見抜かれているような気がして、返事も反論もできなかった。茨戸さんもそれ以上は何も言わず、帰りの道は炎天下をお互い無言で歩いた。

もし本当にそうなら、私はとっくに踏み出せているはずだ。

でもまだ勇気が出ないから、変わりたい、成し遂げたいと思ってしまう。

お寿司《すし》を食べて以来、私は新鮮なホッキ貝が売っていないかとスーパーに立ち寄る度に探していた。

しかしボイル済みのお刺身用ホッキ貝は見かけても、殻付きは売っていない。やはり鮮度が高くなければいけないからか、滅多に店頭には並ばないらしい。

「二条《にじょう》市場とか行けばあるかもしれないね」

五味さんは大通駅から歩いてすぐのところにある、新鮮な海産物が並ぶことで有名な市場の名を挙げた。その海産物を活かして美味《おい》しい海の幸を提供する飲食店もあるらしく、また朝早くから開いていることもあって、観光客が朝食を取りに立ち寄ることでも知られている。

大通周辺には何度か足を運んだ私も、札幌二条市場にはまだ行ったことがなかった。生鮮食品を買うにしては家から遠いというのもあったし、そもそも観光客ではない私が行くのも、という気持ちもある。未《いま》だ札幌については詳しくないのに札幌市民、という半端な立ち位置の私だ。

「五味さんは行ったんですか？　二条市場」

昼休みに、一緒にお弁当を食べながら相談を持ちかけた私に、五味さんは丁寧に答えてくれた。

「一回だけね。両親と妹が遊びに来た時なんだけど、はるばる海渡ってきてもらったからさ、なんか美味しいものごちそうしようと行ったんだよ。どうせならとびきり新鮮なものを出してくれるところがいいと思って」

その時の体験談によると、それこそウニやカニ、イクラなどを堪能したご家族は大層喜んだらしい。五味さんのご家族はお酒が好きらしく、取れたての魚をそのまま捌《さば》いてくれるお店を利用したそうだ。

「確かあの時、ホッキも刺身にして食べてた気がする」

思い出を手繰り寄せている五味さんに、私は恐る恐る尋ねる。

「ですが、お高いのでは……」

「ホッキはそこまでもなかったよ。まあ、高いものはお高かったけど」

「なら、今度行ってみます。ホッキナイフを使ってみたいんです」

「そういう目的⁉　新津さんてば研究熱心というか、なんというか……」

もちろん本来の目的――ホッキ貝を美味しくいただきたいというのも本音ではあった。しかしただ食べるだけなら貝じゃなくてもいいわけで、ナイフも使いつつ美味しく食べることを達成するなら、やはり市場みたいなところへ行くのがいいのだろう。

もしかすると私も両親を北海道へ招く機会があるかもだし、円城寺にも手料理を食べたいとリクエストされていた。彼女と会う決心は未《いま》だについていないけど、いつそう思えてもいいように準備はしておきたい。

「とりあえず、ホタテナイフは試したんですよ」

近所のスーパーにも、活きホタテは幸いにして売っていた。私はそれを購入し、半分は昨夜の夕飯としてホタテ丼にして食べ、残りの半分は火を通して今日のお弁当にした。

それが今食べているホタテフライだ。ナイフを使って貝から外したホタテの貝柱と紐《ひも》を切り分け、貝柱を小麦粉、溶き卵、パン粉にくぐらせて揚げただけの一品だ。カラッと揚がった衣の中にどっしりと大きな貝柱があり、肉厚でほくほくとした歯ごたえのホタテは火を通すことで身の甘さが引き立つ。正直これだけ新鮮なホタテを揚げてしまうことにはもったいなさもあったけど、こちらはこちらで贅沢な味わいだった。

「美味しそうなの食べてるね」

私のお弁当を見て羨《うらや》ましそうにする五味さんは、本日も蒸したブロッコリーと鶏肉のお弁当だ。筋トレの一環に食べているのも事実ながら、実は作るのが楽だから、でもあるらしい。

「最近うっすらとだけど腹筋が割れてきたんだよね。だからもうちょい続けようかなって」

「すごいです！　五味さんも熱心じゃないですか」

そういうことならと、私も気軽に勧めてみる。

「よかったらフライ、お一ついかがですか？」

「え？　どうしようかな……揚げ物は悩むなあ」

「ホタテは低カロリー高たんぱくで筋トレ効果を高める食材なんですよ。おまけにタウリンも豊富です」

五味さんは大喜びでホタテフライを箸《はし》で摘《つま》むと、サクサクと音を立てながらあっという間に一つ食べた。それからしみじみと息をつく。

「ホタテってフライにしても美味しいんだなあ……新津さん、お料理上手だね」

「いえいえ、これもシェフ工房のホタテナイフの賜物《たまもの》です」

「すごいねシェフ工房。出町さんにも感謝しないと」

などと言いながら、五味さんは閉ざされた防音ブースに向かって手を合わせた。本日も出町さんはそこにいる。展示会で配布する製品紹介リーフレットの図案を考えている。

お弁当にはまだ他のおかずもある。フライで使わなかったホタテのひもは醬油《しょうゆ》とバターでさっと炒《いた》めた。実はひもも貝柱に負けず劣らず甘みが強く、調理のしがいがある食材だ。バター醬油との相性も良く、いいご飯のお供になってくれた。

「北海道に来てよかったなあ……」

「全くだね。海の幸最高だよ」

私と五味さんがしみじみと幸福を噛《か》み締めていた、その時だ。

企画開発室のドアが急ぎ気味にノックされて、返事をする前に開いた。現れたのは茨戸さんだ。

「ああ、茨戸くん――」

五味さんが口を開くと同時に私を見た。

一方、茨戸さんは見たこともないような深刻な顔つきで室内を見回す。

それから私と五味さんが座るテーブルまでやってきて、ポケットからスマホを取り出した。手早く操作して何か画像を表示させる。

「これ、今月発売したばかりの製品だそうです」

張り詰めた声に嫌な予感を抱きつつ、私も、そして五味さんもスマホの画面を覗《のぞ》き込む。

写っているのは薄緑色のプラスチックの鍋《なべ》のようだ。側面はやや背の高い円筒形だった。見覚えがないので、シェフ工房の製品ではない。

「俺も取引先で見せてもらって――既に一部店舗では発売を開始しているそうです」

茨戸さんが指で画像をスライドさせ、私たちは息を呑《の》む。

鍋は二層構造になっており、下段はフラットな普通の鍋、そして上段は取り外せるザルだ。しっかり閉まる蓋《ふた》もついていて、色合いなど細かな違いはあれど、私たちもよく知っているデザインだった。

「二段スチーマー……」

呆然《ぼうぜん》と五味さんが呟《つぶや》き、茨戸さんは心配そうに私を見る。

私は言葉もなかったけど、すぐに立ち上がって防音ブースの扉を叩《たた》いた。

「出町さん、出町さん！」

ブースの窓越しに出町さんが振り返るのが見える。きょとんとした顔はすぐに満面の笑みに代わり、私は茨戸さんの知らせをどう伝えようか、言葉に詰まった。

二段スチーマーとよく似た他社製品が既に出回っているという件で、緊急の会議が開かれた。

出席者はいつもの企画会議より多く、営業部から数名、更には製造部主任の忠海さんも席に着いている。私たちも含めて、全員の面持ちが硬く険しい。二段スチーマーは来月の展示会での目玉製品の一つであり、既に生産体制も整っている。あとは作るだけ、という段階でストップを掛けざるを得なかった。

「小売情報ですが、他社製品は売れ行き好調で評判もいいそうです」

茨戸さんが厳しい顔でそう発言する。

営業一課では件《くだん》の他社製品について情報を収集していてくれた。入ってくるのは私たちにとってよくない話ばかりだった。

「もともと調理が楽になるスチーマーは売れ筋商品でしたから、より便利な製品が出たことで注目を集めている状況ですね。まだ口コミ人気が出るほどの段階ではないようですが、それも時間の問題かと」

二段スチーマーを製造、販売しているのは、私でも名前を知っている大手の生活用品メーカーだ。うちとは違い、調理器具やキッチン用品だけではなく収納家具、家電製品、また園芸用品まで幅広く手掛けている。当然、生産体制もうちとは比べ物にならない規模のはずだ。二段スチーマーもひとたび生産ラインに載れば大量に作られ、そして市場に流れていくだろう。また大手ということで、新製品が出るだけで話題性があるという点もシェフ工房とは違っていた。実際、検索すればSNSなどでは既に使った感想を上げているユーザーもおり、後発製品としては厳しい戦いを強いられることが予想できる。

「うちが後追いで似た製品を出しても、売り上げは見込めないということですね」

深原室長が悔しそうに溜息《ためいき》をつくと、営業部の堀井部長が頷《うなず》いた。

「類似品を出したところで生産規模、販路共に敵《かな》わないでしょう」

他社製品と全く同じというわけではない。色味もうちは厳選したきれいなものを使っていたし、細部で異なる要素はいくつかある。しかしながら『電子レンジ調理ができ、ザルを取り外せるプラスチック製の二段スチーマー』という大枠での一致がある以上、比較されることは避けられないだろう。もしも売り出すなら、もっと大きな違いがなければならないと堀井部長は言う。

「うちの二段スチーマーの売り出しを中止するか、もしくは改良を加え、後追いと言われないような製品にブラッシュアップした上で売り出すかの二択です」

かつて私が面接を受けた会議室に、今漂っている空気は重い。深原室長も堀井部長も、あの時とはまるで違う沈鬱《ちんうつ》な雰囲気を背負っている。

私はそっと隣を盗み見た。共に会議に出席している五味さんも、出町さんも、まるで叱られた後みたいに力なく項垂《うなだ》れている。特に二段スチーマーを発案した五味さんの落ち込みようは酷《ひど》く、いつもの柔和さも消え失《う》せたように硬い横顔をしていた。

もちろん私も二人と同じ気持ちだった。二段スチーマーはシェフ工房の社員になって初めて企画段階から携わった製品だ。私もアイディアを出したり、企画書をみんなと一緒にまとめたりもしている。それが販売できないとなって、すっかり打ちのめされていた。

しかし、忠海さんが言うにはこういうケースも珍しくはないそうだ。

「よくあることですし、予想もついたことです。調理器具とは季節の移り変わりと共に需要が目まぐるしく変わっていくものですから。うちで電子レンジ用調理器具を出そうと思えば、他社でも同じことを考えるでしょう。被《かぶ》ったこと自体を深刻に見る必要はないかと」

ちらりと出町さん、五味さんの方を見た後でそう言った。

「では、忠海さんはブラッシュアップを図るべきだと？」

堀井部長の問いかけに、忠海さんは即座に頷く。

「もちろんです。今はまだ八月、来月の展示会には十分間に合う時期でしょう。当然、製造部としても展示会へ向け、全面的にバックアップするつもりです」

頼もしい言葉だ。以前、ストーブ用鍋にクレームをつけてきた時とはまるで違う。

私が驚きを顔に出してしまったからか、一瞬だけ渋い表情になってはいたけど。

「ただ、ブラッシュアップと言ってもね……企画の段階でいいアイディアは出尽くしていたし」

深原室長は独り言のように零《こぼ》す。

「我々としてもこの製品に自信があったので、正直きついですね」

二段スチーマーの企画に当たっては、五味さんを中心に、私と出町さんもアイディアを出していた。鍋本体に持ち手を付け、ザル部分をエンボス加工にしたのも出町さんの発案によるものだ。きめ細やかな工夫が凝らされたこの製品をこれ以上改良するのはそう簡単なことではない。少なくとも企画開発室では全て出切ったという印象だった。

でも――。

ふと思う。企画開発室以外でなら、どうだろう。

「……あの」

私は挙手をした。項垂れていた五味さん、出町さんも含めて全員が面を上げてこちらを見る。大勢の視線を浴びて一瞬怯《ひる》みかけたけど、ここ一番の度胸には自信があった。

口を開く。

「以前のモニター調査には、少数でしたが改良を望む声もありました。企画会議では『そこまで気になるほどではない』と結論づけたものばかりでしたが、あえてそれらを今一度洗い直し、組み込んでみるのはいかがでしょうか」

思っていたことを一息に語ると、深原室長が真面目な顔で応じる。

「そうだね。精査してみないことには断言できないけど、もし改良に活《い》かせるフィードバックがあれば……」

モニター調査で返ってきた意見のほとんどは好評だった。こういう製品が欲しかった、買ってみたいという嬉《うれ》しい言葉ばかりで、私たちも浮かれていたのを覚えている。二段スチーマーは売れるだろうとあの時思った。

でも、全てが肯定的意見だったというわけでもない。

私もモニターに参加したからわかる。うちの二段スチーマーにはまだ伸びしろがあるはずだ。

「他社製品が既に発売されているからこそ、後発の我々が差をつけることもできると私は思います。その鍵《かぎ》はやはりモニター調査の中にあります。必ず見つけてみせます」

そう続けると、深原室長が一瞬だけ嬉しそうに笑むのが見えた。すぐに真面目な顔に引き締めた後で、私に向かって告げた。

「新津さんの言う通り、モニター調査での意見を洗い直すのが最善かもね。うちみたいな会社は、少数のニーズを拾ってこそだから」

シェフ工房のいいところは仕様の心配り、きめ細やかさだ。そんなに力を入れなくても使えるトング、軽くて折りたためるストーブ用鍋《なべ》、季節の品々に特化した調理器具、そういった需要を汲《く》んできたシェフ工房なら、きっとうちらしい二段スチーマーを作り上げることができる。

「そうと決まったら、展示会に間に合うよう今すぐ取り掛かろう」

深原室長が企画開発室一同へ指示を出し、次いで忠海さんに告げる。

「企画書が仕上がり次第、すぐそちらへ回します。急ぎの試作をお願いすることになるかと思いますが、よろしくお願いいたします」

「もちろんです。製造部としてもこれまでの尽力が水泡に帰すのは困りますからね、お蔵入りを避けるためならいくらでもバックアップしますよ」

忠海さんはいつもの無愛想さで応じた。

そこまで言ってもらったのだから、やらなくてはいけない。二段スチーマーをよりよい製品とするため、更に心血を注がなければ。

企画開発室へ戻った私たちは、早速二段スチーマーの改良に向けて情報収集に取り組んだ。

モニター調査で回答者から集めた意見を全てプリントアウトして、一枚一枚目を皿のようにして読み込む。過去にも隅々まで目を通したけれど、今だからこそ気づける要望があるかもしれない、と深原室長は言った。

「前に見た時は『製品としては難しいかも』とか、『付け足さなくていいかも』と思うような意見でも拾っていこうね。今はどんなヒントでも、喉《のど》から手が出るくらい欲しいんだから」

「任せてください。必ず見つけてみせます！」

五味さんが気合の入った声を上げる。

会議中はずいぶん落ち込んでいるように見えた五味さんは、企画開発室へ戻ってきた時には足取りもしっかりしていたし、背筋もしゃんと伸びていた。正直、ほっとしている。

深原室長も安堵《あんど》の表情で微笑んだ。

「五味くん、元気を取り戻したみたいだね」

「ええ」

頷《うなず》いた五味さんが、私の方をちらりと見る。

「新津さんにあれだけきっぱり言ってもらって俺が引きずってたんじゃ、先輩の名がすたるというものです。大事な二段スチーマーを俺たちの手でもっといい商品にしてみせますよ！」

そう言ってもらえて私も嬉しい。勇気を出してあの場で意見した甲斐《かい》もあるというものだ。

だから私も声を上げる。

「そうですよ五味さん！　今こそ『ずく』を出す時です！」

励ましのつもりで言ったにもかかわらず、五味さんは笑顔一転、慌てた様子で目を泳がせた。

「え!?　えっと、『ずく』ってなんだっけ……？」

とりあえずざっくりと、ニュアンスが伝わるように教えようと口を開きかけた時、

「そうだ！　『ずく』を出していこう！」

出町さんが叫ぶように言った。

それはどちらかというと自らを奮い立たせるかのような声だった。震えているようにも聞こえたし、でも芯《しん》の通った意志の強さも確かに感じた。

私も含め、みんなが出町さんの方を見る。

出町さんは潤んだ瞳《ひとみ》で、真っ直ぐに私を見ていた。

「私も頑張る。『ずく』を出していく！」

もう一度、きっぱりと宣言する出町さんに、五味さんがおずおずと尋ねる。

「出町さん、意味わかるんですか？」

「前に新津さんから聞いてた、『ずくなし』っていうのは怠け者って意味だって。したから『ずく』っていうのはモチベーションとかそういう意味でしょや」

ちょっと誇らしげに出町さんが胸を張ったので、私は自然と笑顔になって応じた。

「そうです！　出町さんの言う通り！」

それで出町さんはえへへと笑い、五味さんは納得がいったような、いかないような様子ながらもつられて微笑む。深原室長は満足そうに私たちを眺めていた。

企画開発室の空気はほんのりと暖まり、今やとてもいい雰囲気だった。私もすっかり明るい気持ちになって、お蔭《かげ》でいろんな意見を出し合うこともできた。

二段スチーマーに対しての要望を、各々《おのおの》気がついた点から読み上げていく。

「『オーブンに対応して欲しい』ってありますけど、さすがにプラスチックじゃ無理ですよね」

「いっそシリコン製にする？　『収納する時かさばる』って意見もあったし」

「『見た目が安っぽい』かあ……きれいな色にしたつもりなんだけどなあ」

「『プラスアルファが欲しい』という意見もありますね。お得感が欲しいというか」

さすがに全ての意見に対応することはできないけど、こういうところにこそ見落としていた改良のヒントが潜んでいるものだ。実現不可能かもしれないというものでもとにかく拾い、ホワイトボードにまとめていく。

今のところ、多く挙げられている不満点は素材がプラスチックで耐熱温度が低めな点、二段式であるために蓋《ふた》から底面までの高さがまあまあある点だ。オーブンなどでも使いたい、折りたためるようにして欲しい、なるべく軽い方がいい、などという意見もちらほらあった。これらはシリコン素材に切り替えることでいくらかクリアできるけど、そうなると当たり前ながら生産体制の大幅な変更を迫られる。もしそちらに踏み切るなら製造部には迅速な要請が必要となるだろう。

「忠海さんは全面的にバックアップすると仰《おつしや》ってましたし、ここは頼りましょう」

そう言い切る出町さんの表情には迷いがない。

深原室長も、難しい顔つきながらも頷いた。

「そうだね、考えてもいいかもしれない。もちろん製造部と改めて相談の上だけど」

原材料が変われば生産工程も、材料費も、もちろん販売価格も変わってしまう。恐らく二段スチーマーはモニター調査をした時とは全く違う製品として生まれ変わることになるだろう。だけどよりよい製品になるのなら、そしてシェフ工房らしい製品になれるのなら、その方がいいに決まっていた。

他に、シェフ工房らしさとなる要素はあるだろうか。私が思案に暮れていると、五味さんが別のプリントを手に取り、そこに記された要望を読み上げる。

「『蓋に水蒸気が溜《た》まり、蓋を開ける時にそれが水滴として垂れてくる点と、ザルのエンボス加工が食器スポンジに引っ掛かる点が気になる』……へえ、細かく書いてくれてる」

その意見には覚えがあった。

「それ、私が書きました」

手を挙げると五味さんはちょっと笑い、腑《ふ》に落ちた様子で言った。

「ああ、これ新津さんの？　言われてみるとなんかそれっぽいね」

「新津さんにも試してもらったの。シェフ工房のエキスパートだからね、彼女」

深原室長の言葉はさすがに褒めすぎな気がする。室長から要請があった時、私なりに貢献したいと思って参加していた。まさかこういう形で活《い》きてくるとは想像もしなかったものの。

「私も何度か調理に使用してみたので、その際に気になったことを書いてみたんです。

試作品はまだ自宅にありますし、何度か試してみた上で改良できそうな点があれば再度提出します」

結局、調理器具は使ってみなければわからない。料理をしてみれば、見落としてきた改良すべき点も洗い出せるかもしれない。

「頼もしい。新津さんの意見にも期待してるね」

「はい」

二段スチーマーは私にとっても大切な製品だ。やっぱり成功させたい、より使いやすく、多くの人から喜ばれる製品にしたい。他社からそっくりな製品が販売されていたと聞いた時はさすがに目の前が真っ暗になったけど、むしろブラッシュアップのための素晴らしい機会を貰《もら》ったと思うべきだろう。

そしてもちろん、展示会にも間に合わせなくては。

その日の会議はやむを得ないことながら大分長引いた。

私たちの退勤も夜七時を過ぎてしまい、さすがに疲労困憊《こんぱい》、お腹もぺこぺこだ。

「お腹空《す》いた……」

ロッカールームで一緒になった出町さんも、すっかりよれよれの顔で溜息《ためいき》をついている。私と目が合うとくたびれきった様子ながらもにっこり笑った。

「新津さんもお疲れ様。いろいろあったから、なんかエネルギーいっぱい使った感じ」

「わかります。今日はもうがっつり食べたい気分です」

そう応じたものの、かといってしっかり料理をするほどの気力もないのもまた事実だ。こういう日こそ二段スチーマーはいい仕事をしてくれるに違いない。

「うん。いっぱい食べてたっぷり寝て、明日《あした》に備えようね。しばらく忙しいからさ」

出町さんの言う通り、私たちは明日にも企画書をまとめて製造部に回さなくてはならないし、そこからもう一度試作品を貫い、試し、来月の展示会までに出せるよう準備を進めなくてはいけなかった。やることは山ほどあるし、当面はばたばたと慌ただしい日々が続くだろう。それでなくても毎日暑い真夏の盛りだ。こんな時こそ夏バテや夏風邪などで体調を崩すことのないよう、栄養のあるものを取り、睡眠時間も取らなくてはならない。

「わかりました。なんとかここを乗り切りましょうね」

私の言葉に出町さんはもう一度笑い、それからバッグを肩に掛けて軽く手を上げる。

「新津さん、お先に。したっけ、また明日ね」

「はい、お疲れ様です！」

さっと手を振り返し、出町さんの小さな背中がロッカールームを出ていくのを見送った。それから自分のロッカーのドアも閉めたところで、一人小さく呟《つぶや》いてみる。

「したっけ……」

口にするのはまだ慣れない北海道の挨拶《あいさつ》は、だけどすごく可愛く感じた。出町さんが使う言葉だからだろうか。いつか私も言ってみたいと思う。もうちょっと自然に言えるようになったら——出町さんが信州の言葉を使ってくれたみたいに。

出町さんに続き、私も会社を出た時には外は既に真っ暗だった。いかに日の長い夏場とはいえ、午後七時を過ぎればとっぷり暮れる。地下鉄南北線に乗って帰路に就くと、大通駅で楽しそうにはしゃぐ若者たちと乗り合わせた。ちょうど今頃は大通公園でビアガーデンを開催している。

「もうお腹ぱんぱん。お酒しか入んないよ」

「あんた食べすぎだって、肉ばっかり食べてたじゃん」

ほろ酔い加減で笑いあう女の子の集団を見かけ、懐かしいなと思う。私と円城寺もあんなやり取りをしたことがあったな、なんて思い出せるのが微笑ましい。そして彼女たちから微《かす》かに漂うジンギスカンの匂いは、空きっ腹を抱える私にとって少々辛《つら》いものでもあった。

中《なか》の島《しま》駅で降り、今日はそのままマンションへ向かう。買い物をする気力もないので、ありもので夕飯を作るつもりだった。

幸い、冷凍庫にはホタテがある。昨日安かったから買い置きして、貝柱だけを冷凍保存しておいたのだ。こういう時こそ美味《おい》しい海の幸を食べ、気力体力を回復しておくべきだろう。

本日のメニューは火を使わず、レンジでできる『煮浸しうどん』だ。そして例の二段スチーマーを使うことに決めている。ここで改良すべき点を見出《みいだ》せればブラッシュアップにも繋《つな》げられるはずだ。

まずはホタテを流水解凍し、その間にナスとカボチャを切っておく。ナスの皮には味が染み込みやすいように格子状の切れ目を入れ、カボチャは火が通りやすい薄切りにして一旦《いったん》ラップで包む。二段スチーマーの下段に半分に切ったホタテとナス、麺《めん》つゆとショウガのすりおろしを入れ、上のザルにはラップで包んだカボチャを載せ、二分ほど加熱する。

「あっつ……」

加熱を終えて蓋を開けると、もうもうと湯気が溢《あふ》れ出てきた。蓋にはやはり水蒸気が溜まり、熱い水滴が手まで伝いそうになるのを慌ててかわす。やっぱりここは改良点だ。火傷《やけど》を防ぐため、蓋にも持ち手があった方がいいかもしれない。

ともあれカボチャを取り出して、ホタテやナスと共に麺つゆに漬け、しばらく置いておく。

冷凍うどんはレンジで温め、その後きっちり水で締める。ザルは二段スチーマーのものを利用する。プラスチック製なので急に冷やすと割れないかという不安もあるけど、これがシリコンになればそこまで気にしなくても平気だろうか。

うどんを締めたら、あとは氷を浮かべた煮浸しにうどんをつけて食べるだけ。これが夏に美味しい煮浸しうどんだ。

「いただきまーす」

いつもより簡素なメニューではあるけど、ちゃんと手を合わせてから食べ始める。

火が通りぷりぷりになったホタテには、甘辛い麺つゆの風味がよく合った。たっぷり入れたおろしショウガのお蔭《かげ》で臭みが消えるのもいい。くたくたに煮えたナスは口の中でとろけるように柔らかく、嚙《か》めばじゅわっと旨味《うまみ》が溢れ出てくる。カボチャの身は麺つゆに漬けても尚《なお》ほんのり甘く、皮の歯ごたえとも相まって箸休《はしやす》めにちょうどいい。そしてうどんは疲れていても、つるつるとお腹に収まる。私は少し硬さが残っているくらいが好きだ。

本当は煮浸しを冷蔵庫で冷やして、味がしっかりしみ込んだところを食べると更に美味しいんだけど——とりあえずこれでも十分美味しいし、野菜も取れるし、具がたっぷりで満足感もある。

冷凍うどんは食べたいときにさっと用意ができてとても便利な商品だ。料理をするようになる前からお世話になっていたし、料理を覚えてからは更にそのオールマイティーぶりに感嘆した。こうして煮浸しと食べてもいいし、豆乳、トマト、肉うどんとレパートリーは無限にある。どうしようもなく疲れた時はツナ缶、納豆、大根おろしだけで食べても美味しい。いい辛味大根が手に入った時はおしぼりうどんにするのも最高だ。

マネージャー時代にもこの冷凍うどんをよく活用したものだ。部員の軽食が急遽《きゅうきょ》必要になった時、身体を温めなくてはならない時のメニューとして需要が高かった。あの頃を思い出しながら啜《すす》るうどんは、なんとも言えない郷愁の味がする。

そうだ、郷愁といえば。

私は慌ててテレビを点《つ》けた。一人暮らしなので無音の空間は寂しく、食事中はよくテレビを観ることがある。札幌のローカルニュースや、軽い気持ちで観られるバラエティー番組が好きだ。ただ今日観るのは録画しておいた、円城寺が出た番組だった。

ハードディスクに保存されていた録画データを呼び出す。番組は夕方に放送されているローカルワイド番組で、よく知らないアナウンサーと馴染《なじ》みのない着ぐるみのマスコットが登場していた。円城寺が取り上げられたコーナーまで飛ばすと、やがて見覚えのある顔が映った。

『本日は女子クロスカントリースキーのプロ選手、円城寺晴さんに密着取材！ そのトレーニング方法から冬季に向けての意気込みまで、じっくり伺ってきました！』

テレビ越しのナレーションがその名前を読み上げると、いやでも身体が震える。かつて同じ学び舎《や》で過ごし、スキー部でも四年間共に過ごした友人が、今はテレビに出ているのだ。落ち着かない気分でうどんを啜った。

『円城寺選手は二十二歳。東京都出身で、高校時代には冬季インターハイに出場し、女子五キロフリーで三年連続準優勝するなど優秀な成績を収めてきました』

静止画で映し出されたのは高校時代の円城寺だ。画質はそこまでよくないものの、スキーウェアをまとい、雪焼けした顔でにっこり笑っているのはあの頃の彼女だった。

そう、円城寺は強い。細い身体からは想像もつかないような底なしの体力、苦しい時にも決して顔を顰《しか》めない気持ちの強さ、そして確かな技術と全てを兼ね備えていた。

その強さで一年の頃から名を馳《は》せ、他県勢からは恐れられていた。

『大学進学後もスキーを続け、そして卒業したこの春、プロスキーヤーとなりました。現在は札幌に拠点を置き、冬季に向けて日々トレーニングを続けています』

一瞬だけ、大学のスキー部時代の写真が映った。

すぐに動画へと変わり、円城寺が夏山トレーニングをする様子やエアロバイクを漕《こ》ぐ姿、ビュッフェで料理を選ぶ風景などがナレーションをバックに流れていく。彼女の傍らには見知らぬ男女が付き添っていて、真剣な面持ちで指導をしたり、休憩時間に談笑をしたりする様子が映し出された。

今や円城寺の傍には私の知らない人たちがいる。コーチやトレーナー、マネージャーなどもちゃんとしたプロばかりなのだろうし、そんな錚々《そうそう》たる人々に囲まれても自然体の笑顔を見せる円城寺が、今の私には眩《まぶ》しく見えた。

プロとしての心境をインタビュアーに尋ねられ、円城寺は懐かしい照れ笑いで答える。

『必ず結果を期待されるプロとして、重圧がないと言えば嘘になります。でもここ一番の度胸はある方なので、わくわくもしていますね。早く北海道の雪山を滑りたいなって』

円城寺も本番に強い選手だった。スキーに限らずスポーツ選手というものは、ここ一番の度胸が勝敗を左右する。

『札幌で迎える一年目のシーズン、怪我なく乗り切り、結果に繋げたいです。ご声援よろしくお願いします！』

そう言って円城寺はカメラに向かって手を振った。背景は青々と茂る北海道の夏山、頭上には雲一つない晴天の空が広がっていて、その雄大かつ美しい光景にはただただ圧倒されるしかない。

片や私は八畳のリビングで、テレビを観ながらうどんを啜っている。きらきら輝く友人の晴れ姿を観賞した後では若干の侘《わび》しさも覚えなくはない。円城寺なんてビュッフェでご飯食べてたのに。

もっとも、他人を羨《うらや》んだところでどうにもならないのは十分わかっている。

私は円城寺に、番組を観たことを知らせるメッセージを送った。緊張ぶりをからかってやろうかと思ったけどそれはやめて、あくまでも報告程度にしておく。

するとすぐに、折り返し電話が掛かってきた。一瞬ためらいかけて、だけど着信キーを押す。

『どうだった？　私全然瞬《まばた》きしてないってコーチから言われたんだけど』

一ヶ月ぶりに聞いた円城寺の声は、相変わらず元気そうだった。あの頃、誰よりも一緒にいた大切な友達の声だ。今はただ、胸が苦しかった。

「そんなことなかったよ、ちゃんとインタビューにも答えられてたじゃん」

私が言うと、電話の向こうでころころ笑う声が響く。

『そこはリハがあったからね。練習しなかったらあんなにすらすら言えなかったよ』

「テレビの裏側聞いちゃったな」

『そういうもんみたい。まあ、ぶっつけ本番で噛み噛みのとこなんて映せないよね』

卒業以来一度も会っていないというのに、円城寺は当時のまま、すごく親しげに話しかけてくる。

「円城寺、元気そうでよかった」

思ったことを口にすると、ちょっとだけ間があってから彼女が言った。

『この間話したばっかじゃん。けど、新津は疲れた声してるね。仕事どう?』

「今ちょうど忙しくて。九月に展示会があるから、新製品作ってるんだ」

仕事でトラブルがあったことは黙っておこう。せっかくの新製品が他社と被《かぶ》ってしまった話や、私が企画書を出していた泡立て器が二段スチーマーにリソースを割くため、一旦《いったん》棚上げとなってしまった話をしたら、円城寺は心配するかもしれない。

いや、それだって単なる見栄《みえ》だ。充実している円城寺に対し、私は自分が抱えている悩みを見せたくないと思っていた。そんなのは惨めだし、格好悪い。

だからあえて明るく続ける。

「でも楽しくやってるよ。せっかく憧《あこが》れの会社に入れたんだから」

『それならよかった。シェフ工房、ずっと入りたいって言ってたもんね』

円城寺は声に安堵《あんど》を滲《にじ》ませ、言った。

『私、新津ならどこへ行っても大丈夫だって思ってたから、本当にそうみたいでほっとしてるんだ。私が知る限り、世界で一番強い人間が新津だからね』

その言葉に私は、照れと情けなさの両方から苦笑する。私が実際に強い人間だったら、こうして友達の活躍を羨んだりはしないだろうし、悩み事も素直に口に出せているはずだ。

でも円城寺の期待通り、強くありたいとは思う。

「ありがとう、頑張るよ」

私の言葉に、円城寺は鈴が鳴るように笑った。

『お互いにね。展示会って秋？　じゃあそれが終わったら一度会わない？　私も雪降る前なら予定空けられるから』

「そうだね、時間できたら連絡する。一緒にご飯でも食べよう」

『やった、楽しみにしてる！』

でも、今の気持ちのままではまだ会えないな、と思ってしまう。

通話を終えてちらりとキッチンに目をやれば、洗い終えた二段スチーマーがひっそりと佇《たたず》んでいる。

私は『欲しいものノート』を開き、今夜の調理で気がついたことをメモしていく。

このノートに『才能』だとか『運』だとか、そういう言葉を書く気はなかった。そんなものはもう欲しくない。私が欲しいのはシェフ工房の素晴らしい製品だけだ。そのためにも絶対、二段スチーマーを蘇《よみがえ》らせたかった。

ふわかる泡立て器でフリッター

九月に入ってすぐ、二段スチーマーは生まれ変わった姿で再び私たちの前に現れた。

企画会議で話し合った通り、原材料はシリコンになり、仕様も大分変わっている。オーブンに対応した耐熱温度と収納時には折りたためる柔らかさを備え、カラーリングは高級感を追求すべく、既存の製品とも馴染《なじ》むワインレッドにした。ザル部分もシリコン製になったため、エンボス加工も柔らかく、食器用スポンジが引っ掛かりにくくなったという利点もある。そして蓋《ふた》には水蒸気を逃がすための蒸気弁と、水滴が垂れてきた時に掛からないようにする大きめの持ち手をつけてもらった。

「この蓋の仕様、非常にしち面倒くさかったんですよ」

試作品が出来上がった時、忠海さんは若干苦々しげに私たちへ言ってきた。

「展示会前で時間がないという状況なのに目一杯変更してきましたね。全く企画開発室の方々は、製造部のことをなんだと思っているんですか」

完成までの日程が非常にタイトなものであったことは私も身に染みてよくわかっている。企画開発室の方でも大急ぎで企画書をまとめたつもりだったけど、この通り仕様の大幅な変更、改良があったわけで、製造部の皆さんを振り回す結果になってしまったのは事実だ。私たちは製造部に足を向けて寝られない。

「全く。少しは感謝して欲しいですね」

忠海さんは大仰に肩を竦《すく》めて溜息《ためいき》をついた。

すかさず神妙な顔になった出町さんが、忠海さんに向かって拝むように手を合わせる。

「いつも感謝してます。お蔭《かげ》でなまらいい製品に仕上がりました」

その手をすり合わせて、それこそ仏像でも拝んでいるみたいに頭《こうべ》を垂れた。

「ありがとうございます、ありがとうございます」

「製造部がいてくださるから私たちも安心して仕事ができるんです」

五味さんと私がそれに倣うと、忠海さんは面食らった様子で顔を背ける。

「すみませんが、そういう連帯感はやめてもらえますか。面白いんで」

見ると忠海さんの作業着の肩が震えている。そっぽを向いているのは笑いを堪《こら》えているかららしい。そのせいか彼は逃げるように退散していき、のちほど五味さんが嬉しそうに言った。

「今度から忠海さんに怒られそうな時はこの作戦で行きましょう。神として崇《あが》め奉るんです」

「荒ぶる神を鎮めるのが地鎮祭だもんねえ。したら感謝を示すのが一番いいっしょ」

や

出町さんまでそんなことを言うので、いよいよ忠海さんがシェフ工房の土地神になってしまいそうだ。商売繁盛や大願成就にいかほどのご利益があるのか、私としても期待したいところだった。

ともかく二段スチーマーは無事完成と相成り、展示会前日、シェフ工房で地鎮祭ならぬ壮行会を行うことになった。いわゆるキックオフパーティーというものだ。翌日までお酒が残ってはいけないのであくまでもささやかに、ケータリングを利用して社員食堂で催された。

私もよくお弁当を食べる社員食堂に、オードブルや巻き寿司《ずし》の折り詰め、あるいは缶ビールや缶チューハイ、ソフトドリンクのペットボトルが並べられている。壮行会はカジュアルな立食形式で、いくつかあるテーブルを部署ごとに囲みつつ、思い思いに談笑するひとときとなった。

「もう本当間に合わないかと思ったよね。どうにかなってよかったよかった」

深原室長はおっとり笑いながらハイボール缶を傾けている。

「ほら新津さんも食べよ。せっかくのごちそう、残っちゃったらいたましいっけさ」

出町さんは私にオードブルを勧めてくれ、自らも美味《おい》しそうに食べていた。オードブルはローストビーフやトマトとモッツァレラチーズのカプレーゼ、スモークサーモンのマリネなどなかなか豪華なメニューが揃っている。『いたましい』とは北海道弁でもったいないという意味だ。だから当然、私も思う存分いただいた。

「あーでも緊張するなあ。テンパらないよう喋《しゃべ》れるかな……」

五味さんは今から既にそわそわしていて、オードブルのサラダからブロッコリーばかり選んでいる。緊張するのは私も同じだ。普段はあまり社外の人と接する機会もないし、ちゃんとわかりやすく製品説明できるかどうか心配だった。

大きなイベントの前だからか、壮行会に参加している人たちみんながどこか浮ついているようにも見える。向こうでは営業部の堀井部長が、営業の人たちを集めて何か訓示をしているようだ。それを茨戸さんが真剣な面持ちで聞いているのがちらりと見えた。

一方、製造部の人たちは一仕事終えたからか和やかな雰囲気だ。忠海さんは製造部の女性たちに囲まれて、次々にごちそうを勧められている。同じ部署の人たちといてもにこりともしない様子だけど、お皿に盛られたごちそうはもぐもぐと、熱心に食べ始めていた。

みんなが好き好きに、ゆるく過ごしていた壮行会が、開始から一時間ほど経った頃だ。

「――あれ、お酒なくなっちゃった」

深原室長が困惑の声を上げた。

そちらを向くと、先程までテーブルの上にたくさん並んでいたはずの缶ビールやチューハイがもう見当たらなくなっていた。ソフトドリンクはいくらか残っていたものの、みんな明日《あした》に備えて飲まないと思いきや結構お酒がすすんでいるらしい。

かく言う私も、ちょっとくらいならいいかと缶ビールを二本飲んでいる。申し訳なさもあるし、酔い覚ましにもなるしと挙手をした。

「じゃあ私、買ってきますよ」

「いいの？　助かる！　じゃあこれお金ね」

深原室長は財布からお札を出した後、念を押すように続ける。

「領収書貰《もら》ってきて。『株式会社シェフ工房』宛てで」

「了解です」

私はお札をしっかりしまい、社員食堂を抜け出した。

途中、

「新津さんなしたの？　おつかい？　したら私も行こうか？」

出町さんに声を掛けられたけど、既にお酒を飲んでリンゴみたいに真っ赤な頬をしていたので、ちょっと迷ってから遠慮しておく。

「一人で大丈夫ですよ」

それから廊下へ出て、通用口目指してしばらく歩いた。

すると追いかけてくる足音が聞こえ、まさか出町さんかと思って慌てて振り向く。酔っている時に走ったりしたら危ないし——ところが、予想に反して駆けてきたのは茨戸さんだった。

私が急に振り返ったからか、茨戸さんは驚いたようだ。それでも彼らしい省エネの笑顔を見せて口を開く。

「荷物重くなるかと思って。ついていくよ」

「私一人でも——」

「前に手首を痛めてただろ。いいから、行こう」

中座させて悪いからと固辞しかけた私を制し、隣に並んで歩き出す。それなら私も食い下がることはせず、茨戸さんと一緒に行くことにした。正直に言えば夜道を一人で歩くのは心細くもあったので、茨戸さんが追いかけてきてくれたのは嬉《うれ》しかった。

社屋から一歩外へ出ると途端に肌寒く感じる。この間まで蒸し暑い夜が続いていたはずなのに、九月に入ったら急に風が冷たくなってきた。もうとても半袖《はんそで》なんて着て歩けない。

「寒くない？」

街灯に照らされた道を歩きながら、茨戸さんが尋ねてくる。

「なんとか平気です。急に寒くなりますね、北海道」

「日中はまだ夏らしい感じなのにな」

全くだ。この時期の寒暖の差の激しさには驚かされる。ただ夏の間はじっとりしていた空気も大分爽《さわ》やかになっていて、寒さ対策さえできていれば過ごしやすい時期なのかもしれない。

北24条駅の周辺は飲食店が多く、ほうぼうに点《とも》る街明かりで眩《まぶ》しいくらいだった。車の往来も激しく、ヘッドライトの光が歩道を行く私たちを瞬《まばた》きみたいに繰り返し照らしていく。その度に茨戸さんの横顔も明るい光を浴び、うっすら笑んでいるのが見えた。

「例の二段スチーマー、展示会に間に合ってよかったよ」

「本当です。製造部の皆さんがとても頑張ってくださいました」

「企画の人たちもだろ。よく滑り込みでまとめられたなって堀井部長も褒めてたよ」

そう言ってもらえると誇らしい気持ちになれる。私たちも確かに頑張った。企画開発室の四人で知恵を出し合い、これ以上ない製品に仕上げられたと思う。

「あとは明日、展示会に臨むだけだな」

「そうですね。もうひと頑張りです」

そんな会話を交わしつつ、私たちは会社近くのスーパーへ入った。もっと近いところにはコンビニもあったけど、会社のお金を使うのだからできる限り安く購入したいという気持ちがある。出町さん流に言うなら『いたましい』からだ。

缶ビールや缶チューハイを十分に買い入れた後、来た道を戻る。ぱんぱんのレジ袋を提げているので、足取りは当然重くなる。茨戸さんにより重い袋を持たせているのが申し訳なかった。

「すみません、手助けに来ていただいたのにいっぱい持ってもらっちゃって」

「そのつもりで来たんだから、大丈夫」

あっさりと言ってくれる、その優しさがありがたい。私が密《ひそ》かに微笑んだ時、茨戸さんが意外な名前を口にした。

「この間、円城寺選手の特集やってたよな。夕方のテレビで」

よく知っている名前が出てきて、一瞬、どきっとする。

「——あ、はい。茨戸さんも観ました？」

「ちらっとだけ。たまたま昼飯遅くなって、社食で食べてたらテレビ点《つ》いてて」

そう答えてから、茨戸さんは横目で私を見た。

「あの時、新津さんも写ってただろ？　表彰台の写真に」

息を呑《の》む。

さほど長くない静止画だというのに、よくそれに気づけたものだ。

「それで——先に謝っておくけど、調べたんだ」

「何をですか？」

「検索した、『新津七雪』さんの名前で。すごいな、高校時代はインターハイで三年連続優勝だったなんて」

インターネットの電子網が張り巡らされた現代において、過去を完全に隠匿することは不可能だ。私も絶対に秘密にしたかったわけではないし、いつかは誰かの目に触れるかもしれないと漠然と思っていた。ただ一方で、それを自分から大っぴらに話せるほど吹っ切れていたわけでもなかった。

それは学生時代に置いてきた、私の失くしものの記憶だ。

帰り道の途中で足を止め、私は、茨戸さんに告げる。

「よく見つけましたね」

「大学時代の写真も見たよ。スキーウェア着て山林の中を滑ってた姿、格好よかったな」

きっとスキー部の活動記録を見たのだろう。急に恥ずかしくなり、私は一応抗議しておく。

「ちょっと、調べすぎじゃないかという気もします……」

「ごめん、正直に言うけど興味があったから。怪我をする前の君が、どんな選手だったのかって」

ネットには断片的な情報だけが残るものの、一個人について事細かに記されたものはなかなかない。インターハイに出場した一選手がその後どんな運命を辿《たど》ったか、検索しただけですぐに出てくるものでもないだろう。

向き合って立ち止まる私たちの横を、車が何台も通り過ぎていく。茨戸さんの真剣な表情もヘッドライトに照らされて、白く浮かび上がって見えた。

隠し事はできない。そう思った。

「怪我をしたのは、大学二年の夏でした」

夏山トレーニングの最中だった。尺骨を折ってしまった。

「ただの骨折だと思って治療に専念したんですけど、治ったと思ったらまた腫《は》れて痛み出して。病院で診てもらったら、このままだとずっと繰り返すと言われました」

酷使による疲労骨折と診断され、医師からは引退を勧められた。危険も多いスキー競技の選手として骨折には人一倍気をつけてきたつもりだったし、フィジカルトレーニングにも励んできたつもりだった。だけど医師が言うには、身体が完成する前に負荷を掛けすぎたせいだろうと——その説明を呑み込めるようになるまで、しばらく時間が必要だった。

幼い頃からスキーを続けてきて、私を構成する全てだとすら思っていた。これまでだって打撲や捻挫《ねんざ》くらいならしたし、辛《つら》いトレーニングにも励んできた。乗り越えられないはずがない。

そう思った私を、だけど医師も、スキー部のコーチも、そして両親も止めてきた。最終的には誰も味方がいなくなり、私はスキーを諦《あきら》めざるを得なかった。

「仕方なく引退した時、本当に自分が空っぽになってしまったように感じました。すごく虚《うつ》ろで、私を作っていたものが全部、なんにもなくなってしまったみたいに」

取り戻すことのできない、重大な失くしものだった。

「……辛かったな」

気遣うような茨戸さんの言葉に、私は頷《うなず》くしかない。

「それでもスキーには携わっていたくて、部のマネージャーになることにしたんです。両親は『かえって辛いんじゃないか』って反対しましたけど、そこは振り切りました」

『七雪は昔から言い出したら聞かない子だったから』

『辛くなったらいつでも辞めてきなさいね』

その時も、両親はそう言ってくれた。いつでも優しく見守ってくれる、心から尊敬できる両親だ。

もっともマネージャー経験は皆無だったし、なんでも一から学ばなければいけなかった。スキー用品の手入れの仕方は知っていたけど、トレーニングウェアの洗濯や合宿の宿泊先の手配、新幹線のチケットの取り方、練習スケジュールの組み方などの雑務はやったことがなかったから急いで頭に詰め込んだ。そして、軽食や夜食の作り方を覚え、怪我が治りかけた手で料理を始めた。

私はそこで、シェフ工房と出会ったのだ。

「スキーをやめて空っぽだった分を、全部埋めてくれるもっと素敵なものを見つけたって思ってるんです。それが今では仕事になっているんだから、運命なんだって。だからスキーへの未練も断ち切れたはずだったのに、私、まだ円城寺に会えなくて……」

テレビに出ている円城寺を見て、もしかしたら自分があそこにいたかもしれない、などと一瞬でも考えなかったと言えば嘘になる。もちろんインターハイで活躍した選手が大学以降伸び悩むなんて話も珍しくはなく、私の怪我がなかったとしても円城寺のようになれていたかどうかはわからない。

テレビ画面越しに見る円城寺はとても眩《まぶ》しかった。

未練なんかないって思ったのに、吹っ切るためだけに脇目も振らず走ってきて、こんな遠くまでやってきたのに、私は未《いま》だにスキーに囚《とら》われている。

かつてはそれが、私の全てだと思っていたから。

「なら新津さんは、シェフ工房のプロになったんだな」

茨戸さんは何気ない口調で言った。

「プロ？　私は、別にそこまでは――」

「それでお金を稼いでご飯を食べていたらプロだろ」

やんわりと否定した私に、茨戸さんは更に続ける。

「新津さんと初めて話した新歓の時、びっくりしたよ。あんなにうちの製品に詳しい人が、しかも新人さんでいるとは思ってもみなかった。正直、シェフ工房にそれほど入れ込むなんて、って思ったのも事実だけど、あれだけの知識をたった二年ほどで身に付けたんなら、君には間違いなく才能があったんだろ」

茨戸さんがこんなにも熱っぽく何かを語るのを、私は初めて聞いた気がする。

「柄じゃないけど、純粋に尊敬してるし憧《あこが》れたよ。一緒にいるうち、俺もこうならなくちゃいけないって思うようになった。君と同じように、プロを名乗るにふさわしい人間に——まだ道半ばだけど、少しは近づけたんじゃないかと思いたいな」

彼の言葉に面食らい、私は声も出なくなった。恥ずかしさと共に嬉《うれ》しさ、誇らしさも込み上げてきて、代わりにずっとわだかまっていた暗い思いが雲散していくのもわかる。

こんなふうに褒めてくれる人が、認めてくれる人がいるのだ。

「シェフ工房のプロ……それはそれで、魅力的ですね」

私が笑ったからか、茨戸さんも安堵《あんど》の色を顔に浮かべる。

「あ、そういえば新津さんは料理も上手《うま》いだろ。すごいな、才能の塊じゃないか」

「そ、それほどでもないです。料理は好きですけど」

「他にも気づいてない才能があったりして。例えば絵とか、歌とかは？　芸術方面は試してみた？」

「さすがにそれはないですよ。でも……」

スキーが私の全てだって、かつては思い込んでいた。

だけど今の私にはシェフ工房という素敵な職場があり、シェフ工房のお蔭《かげ》で好きになれた料理という趣味があり、故郷とは別に住み慣れてきた札幌という街があり──そして、そこでたくさんのかけがえのない出会いがあった。

何が情けないものか。円城寺ほどじゃなくたって、私も十分眩しい日々を過ごしている。そんなことを人から言われるまで気づけないなんて、私は本当に格好悪い奴だ。

「ありがとう、茨戸さん」

心からの感謝を私が告げると、茨戸さんは乱れてもいない前髪を指で直し始めた。

「いや、差し出口じゃないといいけど。というか、そもそも勝手に検索したりしてごめん」

「いいですよ。すごく嬉しいお言葉いただけたので、チャラということにします」

本音で言えば相殺どころか大幅プラスの言葉だったけど、茨戸さんを混乱させるのも悪いし、そう言っておくことにする。

案の定、茨戸さんはたちまちほっとしたように表情を和ませた。

「よかった。じゃあ、そろそろ戻ろうか」

壮行会のお使いの途中だった。あまりのんびりしているとみんなもお酒がなくて白けてしまうだろうし、ビールだって温《ぬる》くなる。

「そうですね――あれ？」

私は頷いた拍子に、通りの向こうから歩いてくる人影に気づいた。スーツを着た長身瘦軀《そうく》の男性と、小柄な女性の二人連れだ。

「五味さんと出町さん！」

呼びかけられたからか、出町さんがにこっと笑うのが見えた。そのままこちらへ飛んでくる後を五味さんがあたふたと追いかけてくる。

「あーよかった！　あんまり遅いから道迷っちゃったんじゃないかって心配で」

出町さんが微笑む後ろで、五味さんが深々と溜息《ためいき》をつく。

「俺は止めたんですけどね……茨戸くんいるんだし大丈夫だって言ったのに」

「五味くん薄情だよ。可愛い後輩が迷子になってるかもしれないのに」

「むしろ俺は気を遣ってですね——まあ、いいですけど」

なんだか意見の相違があるようだけど、ともかく私は二人に頭を下げた。

「すみません、荷物重いからのんびり歩いちゃって」

「なんもだよ。無事ならよかった」

出町さんはほんのり赤い頬をゆるめている。嬉しそうな顔を見ていると私まで自然と笑顔になれた。いい先輩にも恵まれて、本当に幸せな人生だ。

私の隣で茨戸さんも、満足そうに微笑んでいる。


展示会初日はさわやかな秋晴れだった。

丘珠空港近くにある会場はドーム型のコミュニティ施設で、ここでは市民の交流行事の他、各種スポーツの大会やアーティストのライブなどもたびたび開かれているそうだ。広大な敷地の中に威風堂々と佇《たたず》む白いドームを初めて見た時、あまりの大きさに私は圧倒されてしまった。

「こんな大きな施設でやるんですか？」

「そうだよ」

出町さんは頷《うなず》き、励ますように続ける。

いから！」

「大丈夫！　中入ったらいっぱいブースあってぎゅうぎゅうだし、大した広く感じな

　その言葉は半分くらい当たっており、場内を目いっぱい使って居並ぶ各企業ブースのお蔭で、端から端まで見渡せるということはなかった。ただ辺りのざわめきの大きさや配られた案内図でその広さは把握できたし、見上げればはるか頭上はぐるりとドームの天井で覆われている。

　展示会は熱気溢《あふ》れる、しかし慌ただしいものだった。シェフ工房のブースにも次から次へと来場者が立ち寄る。単に通りすがっただけの人もいたし、シェフ工房を目当てに来てくれた人もいたし、展示していた新製品に興味を持って足を止めてくれた人もいた。出町さんがデザインしたリーフレットやノベルティーなども飛ぶように消えていったことから、来場者の多さが窺《うかが》える。私は何度となく製品説明の機会を貰《もら》えて、意気揚々と自社製品の良さを語った。

「こちらのストーブ用鍋《なべ》は北海道ならではの需要を取り入れた製品なんです。ストーブでの調理も可能ですしもちろん直火調理も可能です。シリコン製なのはキッチンとストーブの間を行き来することが多いからで、例えば鋳物の鍋などと比べてもとても軽くできております」

ブースに立ち寄ってくれる人はもともとうちの製品に興味を持っていることが多く、私の説明も熱心に聞いてくれた。

隣では五味さんが、自らが企画した二段スチーマーの説明をしていた。

「電子レンジはもちろん、オーブンにも対応している蒸し器です。一度に二品加熱することができる他、下段に水を入れての蒸し調理もできます。こちらの蓋《ふた》は試作を重ねた末に生まれたものでして――」

いきいきと説明する五味さんの声は明るい。こうしてアイディアを形にできて、きっとすごく嬉しいのだろうと手に取るようにわかる。

紆余《うよ》曲折を経て生まれ変わった二段スチーマーは来場者にも好評だったようだ。もちろん類似品が、他社のしかも大手の製品にはあったものの、シェフ工房ならではの要素――オーブンで使えることや収納のしやすさ、そして蒸気弁付きの蓋などが評価され、小売業者からも好意的な反応がたくさん貰えた。ここまで漕《こ》ぎつけられて本当によかった。

ブースの前では営業一課の人たちが営業トークをしたり、名刺の交換をしたりとこちらも忙しそうだ。茨戸さんが来客と和やかに談笑している姿が遠目に見えた。彼が営業の業務に当たっているところを初めて見たけど、二年目とは思えないほど落ち着いた佇まいだったし、なんだかベテランの風格さえ感じられる。それも製品知識を身に付けて、自信がついたからなのかもしれない。

シェフ工房が用意したノベルティーは午後を回った辺りで品薄となり、私たちは大慌てで別の試供品をシェフ工房のロゴ入り袋に詰め込む作業に追われた。

「なんか去年もやった気がするなあ、袋詰め」

作業をしながら、五味さんがぼやく。

そういえば茨戸さんからもそんな話を聞いていた。展示会というイベントの形態上、来場者数を事前に予測するのが難しく、ノベルティーをどのくらい用意すればいいのかも読みにくいとのことだ。かといって多めに用意しすぎて在庫を抱えてしまうのも、小さな会社としては負担が大きい。

「余らしたらいたましいもんねえ」

出町さんも袋詰めしつつ、難しい表情で唸《うな》っている。

「したけど、こういうちまちました作業も息抜きにいいっしょ。ブースは人でいっぱいだから、賑《にぎ》やかでいいけど時々息苦しいっけさ」

ブースの裏側は来場者が行き来する通路からは死角になっており、私たちはそこで粛々と袋詰めの作業を進めた。会場全体がざわざわと賑やかなこともあり、ちょっと雑談するくらいなら外に漏れないのも息抜きとしては最適だ——なんていうのは、社会人にあるまじき本音だろうか。

「ま、これも展示会のいい思い出になるね」

深原室長の言う通り、私にとって初めての展示会はとても印象深いものになった。

来場者との会話、同僚たちの勤労ぶり、そして企画開発室のみんなと頑張った袋詰めも、社会人一年目の大切な思い出になりそうだ。


展示会が無事に終わっても、私たちの仕事が終わるわけではない。

企画開発室では常に新作の検討をしている。調理が便利になったり、楽しくなったりするようなキッチン用品を考案しようとみんなで企画を出しあい、練り上げて、製品化を目指して日々邁進《まいしん》していた。

私の企画も、ようやく結実した。

「新津さん、今お時間よろしいですか」

ある秋の夕方、その日の仕事を終えて企画開発室を出たところで、廊下に待機していた忠海さんに呼び止められた。

「あっ、忠海さん。お疲れ様です」

私が頭を下げるとそれすら煩わしそうな忠海さんが、手にしていたものを差し出してくる。

「こちら、製品版の『ふわかる泡立て器』になります」

「完成したんですね。ありがとうございます！」

受け取りながら、私は込み上げてくる喜びを嚙《か》み締めた。試作品をあれほど試した泡立て器が遂に完成したのだ。頭がくらくらするほど嬉しい。

製品版の泡立て器は優しい卵色のナイロン樹脂製で、ワイヤーは十本だ。これは泡立てやすさ、調理後の洗いやすさなどを考慮し、試作品を何度も試した上で私が決めた。卵白や生クリームにより多くの空気を含ませ、泡立てる時間を短縮することができるのも実証済みだ。グリップ部分は滑り止めのコーティング加工がされており、また握りやすいくぼみもある。何より特筆すべきは軽さで、卵一つ分程度の重量に抑えた商品名に違《たが》わぬ『ふわかる』ぶりだ。

「いいですね、理想の仕上がりです。本当に軽いし、いい色だし……私も早く試してみたいです」

やり遂げた満足感を覚えつつ、私は泡立て器を握り締める。

しかし忠海さんはといえば相変わらずの仏頂面で、やがて肺が空っぽになるのではと思えるほど長い溜息《ためいき》をついた。

「新津さんもネーミングセンスは今一つですね。なんですか『ふわかる』って」

「わかりやすいし、可愛くていい名前だと思います」

「可愛さなんて要ります？　安直というかなんというか」

忠海さんは鼻を鳴らしたけど、もう出来上がってしまったものにクレームを連発する気はなかったようだ。ついつい口元がゆるむ私を見下ろし、眉《まゆ》を顰《ひそ》めて言った。

「まあいいです。私がその恥ずかしい名前を連呼するわけでもないですし、泡立て器の性能自体は問題ないですから」

「ええ、『誰でもシェフの腕前に』なれる出来だと思います」

誰でも、という言葉にはいろんな意味が含まれるだろう。かつての私のように料理をまるでやったことがなかった人も、何度か作ってはみたけどなかなか上達できずに料理が好きになれないという人も、始めたてでいろんな調理器具を揃えるのに抵抗があるという人も、そして手を怪我していたり、年齢を重ねて上手《うま》く力が入らなくなったりしたという人にも——誰にとっても、シェフ工房の製品は手に取りやすく、使いやすく、そして誰でもシェフの腕前になれるような優れたものでありたい。

「そんなの当然ですよ、我々製造部も頑張ったんですから」

そう言った忠海さんはわずかにだけ胸を反らしたようにも見えたし、いつも通りの無愛想さにも見えた。

「では、次からは駄目出しの必要がない企画書をお願いしますね」

「はい！」

元気に応《こた》えた私を一瞥《いちべつ》して、忠海さんはくるりと踵《きびす》を返す。そのまま振り返らずに立ち去っていったので、私はその背中に泡立て器ごと手を合わせた。次の企画でも神が荒ぶらず、いつか微笑んでくれますように。

そこへ、

「――新津さん、ちょっといい？」

今度は別の、もう少し静かな声が私を呼んだ。

「どうしました、茨戸さん」

振り向きながら聞き返すと、彼は訝《いぶか》しそうに私の手元を見ている。

「何、そのポーズ。というか忠海さんの背中拝んでなかった？」

「ええと、いわゆる地鎮祭みたいなものです」

「地鎮祭……？　もっとよくわからないけど、いいか」

腑《ふ》に落ちない顔ながらも、茨戸さんは気を取り直したように用向きを話し始めた。

「今度の『情報交換部』の活動。二条市場に行きたいって言ってただろ？」

「はい。どうしても貝つきのホッキが欲しくて」

未《いま》だに私はホッキナイフを試せていなかった。展示会前後は気忙《きぜわ》しくてそれどころではなかったのもあるし、最寄りのスーパーになかなか入荷しないからでもある。そこで以前五味さんから教わった通り、札幌二条市場へ行ってみようと思いついたのだ。

茨戸さんは札幌二条市場に足を運んだことがあると言っていた。もっともそこで買い物をしたわけではなく、大通周辺の散策ついでに傍を通ったということらしい。

「俺もそこまで詳しいわけじゃないけど、行き方くらいはわかるから。いいお店を調べておく」

「ありがとうございます！　是非よろしくお願いします」

「じゃあ、またスケジュールを合わせて――」

そう言いかけたタイミングで、今度は私の背後で企画開発室のドアが開く。

「あ、あれ？　新津さん、まだ帰ってなかったの？」

恐らく帰るところなのだろう。カバン片手に現れた出町さんが、私の姿にまず驚き、茨戸さんが一緒にいることにも驚き、そして私が握り締めていた泡立て器を見て更にびっくりしたようだ。視線で順序よく辿《たど》ってみせた後、一番気になったであろうことを尋ねてきた。

「え、もしかしてそれ『ふわかる』？」

「そうです！　先程、忠海さんに完成品を持ってきていただいたんです」

出町さんに見てもらおうと泡立て器を渡すと、目をきらきらさせて矯《た》めつ眇《すが》めつする。そして愛らしい笑みを零《こぼ》しながら言ってくれた。

「いい出来栄えだねぇ。頑張ったもんね、新津さん」

「はい。製品化まで辿り着けて本当によかったね」

「したら、次は営業一課に頑張ってもらわないと！」

出町さんの言葉に、茨戸さんも力強く顎《あご》を引いてみせる。

「もちろんです。俺がしっかり売ってきますから、大船に乗ったつもりでいてください」

「頼もしい！　よろしくお願いします、茨戸さん！」

嬉しい言葉に私は思わず声を張り上げた。それで茨戸さんも自信ありげな笑みを浮かべる。

「新津さんの企画した新製品だからな。絶対売れて欲しいし、頑張るよ」

本当に心強い。私が安心感を覚えていると、出町さんはふと思い出したように茨戸さんへ尋ねた。

「そういえば、茨戸くんはなしてここに？」

「ああ、新津さんに用があったんです」

「用？」

「はい。ちょっとしたことですよ」

茨戸さんが正直に答えると、出町さんは一転して訝《いぶか》しげな顔つきになる。そのつぶらな瞳《ひとみ》で私たちをじっと眺めた後、考え考え口を開いた。

「前から思ってたんだけど……茨戸くんって、新津さんとたびたび一緒にいるね？」

「ええ、そうですね」

「まさか、新津さんのこと狙ってない？」

思わぬ問いかけに、傍で聞いていた私の方がどきっとする。

茨戸さんも虚を突かれたようで、一瞬だけ目を泳がせた後、控えめに笑んだ。

「どういう意味ですか、出町さん」

すると出町さんは切実そのものの表情になり、拳《こぶし》をぎゅっと握り締めながら言った。

「そんなの、新津さんを営業一課に引き抜こうとしてるって意味でしょや」

「……え？」

「新津さんは企画の大事な宝、他の部署になんて譲らないから！」

こんなにも出町さんが必死になるのも初めて見たし、出町さんの勘違いの突飛さにも驚く。どうしてそんなふうに思ったのだろう――それはまあ、『大事な宝』まで言ってもらえたのは嬉《うれ》しかったけど。

私が横目で窺《うかが》えば、茨戸さんもちょうどこちらを見ていた。目が合って照れる私をよそに、茨戸さんはおかしそうに噴き出し、それから出町さんに向き直る。

「大丈夫ですよ。俺も新津さんは企画開発室が一番ふさわしいと思っています。引き抜くつもりはありません」

「そ……そう？」

出町さんが目を瞬《しばたた》かせる。

「そうです。ご心配なく」

「したら……ごめんなさい、私の早とちりだった？」

「いえ、お気になさらずに」

まだ状況が呑《の》み込めていないらしい出町さんにそう言った後、茨戸さんは私に囁《ささや》いた。

「じゃあ、俺はそろそろ行くよ。――また『情報交換部』で」

「は、はい。また」

私は手を振って、立ち去る彼を見送る。

出町さんも同じように茨戸さんの背を目で追った。そして彼が廊下の先で見えなくなった後、眉尻《まゆじり》を下げて呻《うめ》く。

「私、勘違いしちゃったなあ。新津さん取られちゃうんじゃないかって心配したんだけど、失礼なこと言ったね」

「大丈夫ですよ。茨戸さん、心が広い人ですから」

「したけど、もうちょっと確かめてから言うべきだったかも……」

先程までの勢いはどこへやら、急に萎《しお》れてしまった。

そういう起伏の激しさもこの人らしいなと思いつつ、私は尊敬する先輩に微笑みかける。

「むしろ、ありがとうございます。私も企画開発室にはずっといたいと思っているので、お言葉嬉しかったです」

すると出町さんはばね仕掛けみたいな速さで面を上げ、照れ笑いを浮かべた。

「ううん、こちらこそ。ずっといてね、新津さん」

「もちろんです！」

私が大声を上げた拍子に、また背後でドアの開く音がする。

「あれ⁉　新津さん帰ったんじゃ——ってか出町さんが引き留めてるんですか？」

五味さんだ。

今度は嫌疑を掛けられる側になった出町さんが、目を泳がせうろたえ始める。

「ち、違うって……あ、でもよく考えたら違わないかも。長話しちゃってるし」

「何やってんですか。こんなところで立ち話しなくたって、中で話せばいいのに」

ツボに塡《は》まったのかげらげら笑い出す五味さんを見て、出町さんもえへへと笑った。

「これからも企画開発室でお世話になりますという決意表明を、出町さんにさせてもらったところなんです」

「え、そんなの当たり前じゃない？　新津さんいなくなったら、俺だって困るよ」

嬉しいことをさらりと言ってくれた五味さんが、思い出したように続けた。

「あとさ、新津さんってスキー部のマネージャーだったんだろ？　筋トレのこととかも詳しそうだし、今度相談に乗ってもらえないかなって思ってて！」

「いいですよ」

選手もマネージャーも両方経験してきた私なら、トレーニングや食事についてなど、きっといいアドバイスもできるだろう。お世話になっている先輩の期待には是非応《こた》えたい。

「ありがとう。この間も言ったけど、最近腹筋が割れてきててさ」

「そうだ、言ってましたよね。じゃあ今度見せてもらってもいいですか？」

「え!?」

「身体の仕上がり具合を見てからの方が、より的確に助言ができると思うんです」

そこで出町さんがぱっと手を挙げた。

「あ、私も見てみたい！　したら今度、みんなでプールとか行く？　室長も誘って」

「ええ!?」

「身体動かせば脳も活性化するって言うっしょ。次の企画にいいアイディアが浮かぶかも！」

出町さんはすっかり乗り気だし、私にも魅力的な提案だった。

「いいですね！　展示会の打ち上げと、気分転換も兼ねて行きましょう！」

しかし五味さんはいくらかうろたえ、おずおずと応じる。

「俺の腹筋を披露する場を設けられてる……!?　わ、わかった。その日まで追い込んでおく！」

「楽しみにしてます」

五味さんの役に立てるのも、企画開発室のみんなと出かけられるのも嬉しい。私は本当に人間関係に恵まれたと思う。

この街に、札幌に来てよかったし、シェフ工房に入ってよかった。

「じゃあ今度こそ。お先に失礼します」

廊下での立ち話が大変長引いてしまったけど、私は改めて素敵な先輩二人に頭を下げる。

「お疲れ様、新津さん」

「したっけ、また明日《あした》」

五味さんと出町さんが、それぞれ違う高さで手を振ってくれた。

だから私も振り返り、勇気を出して言ってみる。

「はい、また明日——したっけ、お二人とも！」

たちまち出町さんは目を見開き、それから、まるで花がほころぶみたいなとびきりの笑顔を見せてくれた。その顔を見て五味さんもつられるように笑い、それから私に向かって、どこか満足そうに頷《うなず》いた。

九月最後の土曜日、私は幌平橋近くの自室に初めて来客を招いていた。

「へえ、いい眺め。豊平川が見えるんだね」

西向きの窓から景色を眺めて、円城寺が日焼けした顔で笑う。

「住みやすそうな部屋じゃん。もう札幌には慣れた？」

「なんかそれ、円城寺に聞かれると変な気分」

キッチンから彼女を振り返りつつ、私もつられたように笑った。

『札幌には慣れた？』

そんな問いを、この街に引っ越してからいろんな人から尋ねられてきた。それが私を案じてくれたり、気遣ってくれたりするものだということも十分わかっていたから、聞かれる度に温かく思っていたものだ。

だけど円城寺は私と同じ新参者、札幌歴はほとんど変わらずようやく半年になろうかというところだった。

「円城寺こそ、もう慣れた？」

そう尋ねると、彼女は腕組みをして考え込む。

「どうなんだろ？　生活自体は慣れたし、ちゃんと練習もできてるけど、札幌の有名どころとか全然回れてないんだよね」

「わかるわかる」

私も札幌に来たばかりの頃は南北線で職場と自宅の往復をするばかりの日々だった。最近ではちょくちょく出歩くようにもなってきた。でもまだ行ったことのない場所はたくさんある。

円城寺は現在、寮生活をしているそうだ。練習に専念できる一方、やはり一人暮らしに憧《あこが》れもあるらしい。私のあまり広くない部屋をとても羨《うらや》ましがっていたし、いつか寮を出たいとも言っていた。

「やっぱ一人暮らしって快適でしょ？　いいなあ」

「だね、自分専用のキッチンもあるし」

「そこ⁉　いや、新津はそうかもしれないけど！」

声を立てて円城寺は笑うけど、私にとっては大事な要素の一つだ。やっぱり自分だけの自由になるキッチンがあると料理も楽しいし、今は仕事にも活用できる。

「そうだ、新津はクラーク博士像見に行った？」

「行ってない！　羊ヶ丘ってどこにあるんだろ」

「福住《ふくずみ》駅の方らしいよ。あと私、テレビ塔も登ってない」

「私も！　大通公園は通ったことあるけど……」

この通り、私たちは未《いま》だに札幌初心者だ。それでも札幌で暮らすと決めた以上はこの街を味わい尽くしたいと思っている。きっとまだ行ってない場所にも面白いこと、楽しいことが待っているだろうから。

「でも、新津も札幌来てくれてよかったよ」

円城寺は照れながら、私のいるキッチンまでやってくる。

「友達がいるとやっぱり心強いよね。ホームシックになった時とか、『でも新津も頑張ってるし』って思えて頑張れたりするし」

「円城寺、ホームシックになったの？」

驚いて聞き返すと、彼女は一層恥ずかしそうに両手で頬を押さえた。

「ちょっとね！　ちょっとだけ……新津はなってないの？」

「なってない。っていうか円城寺のホームって東京と長野、どっち？」

「長野かなあ。時々大学時代に戻りたいって思っちゃうし……いや、今も充実してるけどね！」

私からすれば順風満帆、きらきら輝いて見える円城寺にもそういう寂しさや戸惑いの気持ちがあるらしい。わからないものだなと思う。

私の方もホームシックにこそならなかったけど、円城寺が羨ましくて仕方ないこともあったし、仕事で壁にぶつかることも何度かあった。でもそういう気持ちを払拭《ふっしょく》して、今は円城寺と一緒にいられるのが嬉《うれ》しい。半年ぶりに会ったのに、大学時代のような気安い会話ができた。

今日はせっかく彼女を招いたので、手料理をごちそうすることにする。

メニューは決まっていた。ホッキ貝のフリッターだ。

ホッキ貝は昨日買ってきて、既にホッキナイフを使って貝から外している。剝《む》き身のままでも数日生きられるという新鮮なホッキを捌《さば》いて身と貝柱、それにひもを切り分けて、塩を振りかけて水洗いする。

フリッターの生地にはメレンゲを使う。卵を卵白と卵黄に分け、卵白に塩を足して泡立てる。使うのはもちろん『ふわかる泡立て器』だ。

「私も手伝うよ」

円城寺が言ってくれたので、メレンゲ作りをお願いすることにした。

「この泡立て器、私が企画したんだよ」

「そういえばタヌキのマークついてるね」

「タヌールくんね。名前覚えて」

「はいはい。それより新津が作ったなんてすごいじゃん」

「使ってみて、めちゃくちゃ軽いから」

私が自信を持って勧めると、円城寺も楽しそうに泡立て器を使い始める。

「本当だ、軽くて使いやすいね！」

ふわかる泡立て器は設計通り、空気をたっぷり含んでメレンゲを立てやすくしてくれる。本体自体も軽くできているし、先端の丸みがボウルの底のカーブにフィットして使いやすい。あっという間につんと角が立つメレンゲに仕上がった。

小麦粉と卵黄、牛乳を混ぜた生地に、円城寺が作ってくれたメレンゲを加える。泡を潰《つぶ》さないように、スパチュラを使って優しく入れて、さっくりと混ぜたら衣の完成だ。

あとはホッキ貝の身、貝柱、ひもをそれぞれ衣にくぐらせて油で揚げる。熱した油に投入すると、ふつふつと細かな泡を立てながら生地が固まっていく。二人でしばらく見守っているとフリッターが浮かび上がってきて、それをまんべんなく色づくまでじっくり揚げる。

めでたくきつね色に揚がったホッキ貝のフリッターにはレタスとくし切りのトマトを添えた。ちょうどご飯も炊けたし、お味噌《みそ》汁もできている。本日の具はワカメとジャガイモにした、もちろん『インカのめざめ』だ。

「新津のご飯食べるの久しぶり！　いただきまーす」

「いただきまーす」

円城寺とローテーブルを挟んで、向かい合わせに座り手を合わせる。

ホッキ貝のフリッターはメレンゲのお蔭《かげ》で衣がさくさく、ふわふわにできていた。以前食べた時と同じ歯ごたえとほんのりした甘みがとても美味《おい》しく、新鮮なものを買ってきてよかったと思う。それにふわかる泡立て器の性能も試せたし、言うことなしだ。

「美味しい！　フリッターにしたホッキは初めて食べたよ」

円城寺もにこにことフリッターを頬張っていた。昔からスキー部の誰よりも美味しそうに食べてくれたし、誰よりも私の料理を褒めてくれる。

「やっぱり新津の料理は最高だね。食べに来られてよかった！」

「円城寺も手伝ってくれたから、一層美味しくできたよ」

「このホッキ、すごく新鮮じゃない？　身がぷりぷりしてる」

「そうでしょ？　二条市場まで行って買ってきたんだよ」

二人でご飯を食べるのも久しぶりで、食べながら会話も弾んだ。私がホッキ貝が欲しくて札幌二条市場へ行った話をすると、円城寺は何気ない調子で尋ねてきた。

「一人で行ったの？」

「……え？　なんで？」

思わず聞き返した私に、彼女はベテラン刑事みたいな目つきで続ける。

「いや、こっち来てから半年になるし、そろそろ新津にも彼氏ができた頃かなって」

大学四年間ですら一度もできなかったのに、たった半年程度でできるはずがない。

まあ、あの頃と今とでは気持ちの余裕が違うけど――。

「できてないよ……円城寺こそどうなの？」

「全然。ぶっちゃけ環境変わってそんな暇もないし――って、それなら新津も同じか」

円城寺に話そうかどうか迷っていることが一つある。

彼氏はできていないけど、実は、気になる人がいた。

だけど私の『欲しいものノート』に『彼氏』と書けるだけの余白はまだない。シェフ工房の社員になったら書きたいものがたくさんありすぎて、あいにくだけど載せられない。でもいつかは書きたくなる日がくるかもしれないから、その時には成否も含めて円城寺に打ち明けようかな。

「新津に彼氏ができたら、私が一言挨拶《あいさつ》しないとね。泣かせたら承知しないよって」

そう言いながらお味噌汁を味わう円城寺が、そこで目を見開いた。

「え、このジャガイモ美味しい！」

「だよね。『インカのめざめ』っていって、美味しいから実家に送ろうと思ってるの」

「いいね、私もそうしよ。お代わりある？」

「あるよ、どんどん食べて！」

札幌に来たことでいろんな出会いがあり、私は今ここにいる。

今はその幸せを、美味しいご飯と一緒にじっくり味わおうと思う。

本書は書き下ろしです。

目次・章扉イラスト／晴菜
目次・扉デザイン／二見亜矢子

株《かぶ》式《しき》会《がい》社《しゃ》シェフ工《こう》房《ぼう》　企《き》画《かく》開《かい》発《はつ》室《しつ》

森《もり》崎《さき》 緩《ゆるか》

令和５年９月25日　初版発行

発行者●山下直久

発行●株式会社KADOKAWA
〒102-8177　東京都千代田区富士見2-13-3
電話　0570-002-301（ナビダイヤル）

角川文庫 23810

印刷所●株式会社暁印刷
製本所●本間製本株式会社

表紙画●和田三造

●お問い合わせ
https://www.kadokawa.co.jp/（「お問い合わせ」へお進みください）
※内容によっては、お答えできない場合があります。
※サポートは日本国内のみとさせていただきます。
※Japanese text only

ISBN 978-4-04-113664-5　C0193

◇◇◇

角川文庫発刊に際して

角川源義

第二次世界大戦の敗北は、軍事力の敗北であった以上に、私たちの若い文化力の敗退であった。私たちの文化が戦争に対して如何に無力であり、単なるあだ花に過ぎなかったかを、私たちは身を以て体験し痛感した。西洋近代文化の摂取にとって、明治以後八十年の歳月は決して短かすぎたとは言えない。にもかかわらず、近代文化の伝統を確立し、自由な批判と柔軟な良識に富む文化層として自らを形成することに私たちは失敗して来た。そしてこれは、各層への文化の普及滲透を任務とする出版人の責任でもあった。

一九四五年以来、私たちは再び振出しに戻り、第一歩から踏み出すことを余儀なくされた。これは大きな不幸ではあるが、反面、これまでの混沌・未熟・歪曲の中にあった我が国の文化に秩序と確たる基礎を齎らすためには絶好の機会でもある。角川書店は、このような祖国の文化的危機にあたり、微力をも顧みず再建の礎石たるべき抱負と決意とをもって出発したが、ここに創立以来の念願を果すべく角川文庫を発刊する。これまで刊行されたあらゆる全集叢書文庫類の長所と短所とを検討し、古今東西の不朽の典籍を、良心的編集のもとに、廉価に、そして書架にふさわしい美本として、多くのひとびとに提供しようとする。しかし私たちは徒らに百科全書的な知識のジレッタントを作ることを目的とせず、あくまで祖国の文化に秩序と再建への道を示し、この文庫を角川書店の栄ある事業として、今後永久に継続発展せしめ、学芸と教養との殿堂として大成せんことを期したい。多くの読書子の愛情ある忠言と支持とによって、この希望と抱負とを完遂せしめられんことを願う。

一九四九年五月三日

角川文庫ベストセラー

みかんとひよどり　近藤史恵

シェフの亮二は鬱屈としていた。料理に自信はあるのに、店に客が来ないのだ。そんなある日、山で遭難しかけたところを、無愛想な猟師・大高に救われる。彼の腕を見込んだ亮二は、あることを思いつく……。

ビストロ三軒亭の謎めく晩餐　斎藤千輪

三軒茶屋にある小さなビストロ。名探偵ポアロ好きのシェフが来る人の望み通りの料理を作る。新米ギャルソンの神坂隆一は、謎めいた奇妙な女性客を担当することになり……美味しくて癒やされるグルメミステリ。

黒猫王子の喫茶店　お客様は猫様です　高橋由太

美しい西欧風の喫茶店。店長は不機嫌そうな美貌の青年。その正体は猫!?　とんでもない店で働くことになった胡桃は、猫絡みの厄介事に巻き込まれていく。涙と笑いの猫町事件帖、始まります！

エミリの小さな包丁　森沢明夫

恋人に騙され、仕事もお金も居場所もすべて失ったエミリに救いの手をさしのべてくれたのは、10年以上連絡を取っていなかった母方の祖父だった。人間の限りない温かさと心の再生を描いた、癒やしの物語。

おでん屋ふみ　おいしい占いはじめました　渡辺淳子

「おもしろい女」になることで元カレを見返してやろうと深夜のおでん屋を始めた千絵。だが、客足はイマイチ。ひょんなことから「おでん占い」を売りにしたところ評判になったが、客はワケアリばかり!?